文芸社セレクション

# 鶴姫の千羽織

## 守らなかった約束

黒木 咲

文芸社

# 目次

# 第一話　巡り合い

人が少ないある村で一人暮らしの与一という優しい心を持つ若い男性が住んでました。

やがて寒い冬が始まり、雪が降る朝に早起きして薪を拾うために森に出掛ける。

雪が太陽の光にキラキラと美しく光っていて、これが与一にとって冬の一番好きなところでした。いくら眠くても新鮮な雪を見たくなる日もある。たまにキラキラと光る雪を見るために早起きしている気がする。

いつものように早起きし、家から出て歩いていると顔見知りのおばあさんが与一を見かけた。

「おはよう一よいち。こんな朝からどこへ行くんかい？」

「おはようでーす。今から森へ行ってきます」

「気を付けてね。冬だから寒くてよけい危ないわよ。暗くなる前に帰ってきなー」

「わかったー」とおばあさんと遠くからやりとりして先へ進んで行きました。

与一は一人っ子で、両親は二人とも亡くなっていて、まだ独身。親戚の方も遠くへ住んでいるから会うことはあまりない。

森に入って薪をひろいながらゆっくりと歩いていると、静かな中で何かの音がした。

与一は身を守るものを一つも持ってないから怖くなり、心と体が震えた。冬の寒さより震えた。与一がいる森は普段は肉食野生動物が一匹もいないのだが、何が出てくるんだろうと考えたらどうすればいいかわからなくなった。謎の音がおさまるまで木に隠れ雪で身を隠した。音がだんだん悲しい鳴き声になり変わっていく。その音を危なくないと感じて、音をしているところへ近づいて行くと目の前に一羽の鳥が暴れてました。鳥を見て危ないなと思ったけれど、鳥の目を見ると悲しい表情が伝わった。声を聞いてたら助けを求めているようで、鳥の足元を見ると、足が罠にかかっていて苦しそうで可哀想に思った与一は罠を外して自由にしてあげようと決めて動き出した。鳥に近付くと鶴でした。

与一は急に都会で働いていた頃の鶴の事を思い出して懐かしく思った。気持ちをきりかえなきゃいけないと思って「落ち着いて落ち着いて、僕が今助けてあげるから」と鶴に話しかけながらゆっくりと目の前に来た。与一の言葉を理解してるように鶴が暴れなくなった。鶴の目に涙があり、泣きそうな目で与一を見る。鶴の足元に手を伸ばし、持っている小さいナイフで罠を切り始めた。なかなか切れなくて、なぜか熱くなって汗が出る。全力をつくしてやっと罠を切り離して鶴が楽になりました。だけど、鶴は足以外のところで怪我していても、与一に何度も頭を下げてお礼を言っているようにおじぎをして空へ飛んで行きました。

それから薪拾いを続けて一週間分の薪を集めたから家に帰ることにしました。空も暗くなってきたから早く帰れなくちゃと急ぎました。

暗くなった時に家に着きました。いつもの一人ぼっちの夜を過ごすなと思いながら寒いから早く布団に入りました。与一は節約しているつもりではないけれど、持っている金が少なくなると考えたら晩ごはんを食べずに何年もたつ。まともな仕事してなくて、仕事を探してもみつからない。お金のことで悩んだり、嫁をもらうこともできなくて未だに独身でいる。

一人でいる時は異性が側にいないのは心と体の寂しさであった。

# 第二話　初めて失せた日

与一は村に住む前に都会の高級料理店で仕込みの仕事をしてました。

まだ新人の頃の事。

客や常連客のほとんどが大金持ちの人や偉い方々たちでした。

与一の働く高級料理店は有名で珍しい食材で調理する日本でたった一つのお店でした。

その中で鶴や鴨肉や白鳥の肉と鯉の刺身もあって名高いので珍重に扱い使います。

鶴の肉は三鳥二魚と呼ばれ、五大珍味の一つと言われていた高級食材。

与一が出勤の日の事件。

勤め先には倉庫が何部屋もあり、仕事に入るまえに変な声が聞こえた。

初めて聞く声だったから、声するほうへ向かっていたら肉にする前の生き物を放置する倉庫から聞こえていた。

倉庫には細長い窓があるから覗いて見るとその倉庫の中に五羽の鶴がいた。与一は鶴を見ていると、鶴たちと目が合ってしまった。鶴は泣いているように目から涙が流れていた。人間みたいに涙流して泣く動物を初めて見た与一には不気味な気分になりました。与一を見た鶴のなき声が変わって可哀そうになってきた。涙を流し、声を苦しそうにして泣く鶴を可哀そうに思った与一は、この鶴を助けようと強気で全鶴たちを自由にしてあげました。倉庫から出た鶴たちは与一へ頭を下げて次々と夜空へ飛び立ちました。倉庫に残ったのは鶴じゃなくて羽根だけが残った。

その晩は与一は営業中に料理長で店長の酒井に呼ばれてえらい怒られた。たくさん怒られてその場でクビになりました。与一はお店には申し訳ないことしたと思うけど逆に五羽だけでも助けたから自分のやったことを後悔しなかった。

与一の逃がした五羽の鶴をつぶしてその新鮮な肉での料理の注文が入ってたけど、与一が全鶴を逃がしてしまったから料理する鶴が一羽もなくて困りはじめた。

また新しく鶴を捕まえるってなるとけっこう時間がかかる。

全鶴がいなくなると誰も思いもしませんでした。

「店長どうしましょう、鶴が一羽もないから予約したお客様に鶴の肉の料理出せないです」

「そうやね、大きな問題になってしまったね」

「もし、万が一あのお客様が帰ってしまったら他のお客が来店しない可能性があるかもしれないじゃないですか？」

「他のメニューをおすすめしてみるしかない！」

「しかし、あのお客様がもうすぐ来ちゃいます。お店も貸しきりになってるじゃないですか？　他の常連客や普通のお客様に今日営業しないと伝えたから誰も来ないと思ってます」

「そうやったね、なんなら今日お店をたたんで早めに帰ろうか？」

「えー店長そしたら今日赤字ですよ」

鶴の肉の料理で予約していたお客が予約時間より早く来店してしまった。お店の従業員や料理長が慌てはじまる。与一を憎んでいても仕方がない。

そのお客は都会で有名な賃貸の主人でした。

今度予約した理由は、愛人の二十歳のお祝いのために普段食べられない鶴の料理を食べさせるためでした。主人はその高級料理店で鶴の肉を口にした時から病みつきになって、どんな肉より鶴の肉を好むようになっていた。

主人がいざ来店した時に鶴の肉を用意できませんでしたと仕方なく伝えるとありえないぐらい怒りました。

「なんだと？　儂の注文した料理の食材がないだと？　嘘でしょう？」

「大変申し訳ございません。今日はご用意できませんでした」

「はぁ？」

「他のお料理なら全部ご用意できます」

「いらぬ！　儂は鶴の肉じゃなきゃここでは食事しません！」

「しかし、お客様…うちには…」

「儂この日をどんだけ楽しみにしてて、待っていたかわかる？　なのに何も知らせないで食べたい料理をご用意できなかったとどういうこっちゃ！」

「大変申し訳ございません、なんとか知らせようと思っていたが…」

「しかも、儂だけじゃなくてあかねちゃんを連れて来たのに、儂とあかねちゃんに失礼じゃないか、どうしてくれんのよ」

店長は他の珍しい肉で料理を用意できると言っても聞いてくれなくて鶴の肉じゃないと他の料理は食べないと怒る。

「津間ちゃんもう行こう、こういうみせの人たちとしゃべっていてもむだだから」

「もう二度とここにこないから」と主人は愛人と出て行きました。

愛人が鶴の肉食べると白美人になると聞いたから期待してきたけどがっかりした。

その日はさっきのお客が予約する時に貸し切りして欲しいと頼まれてたから他の客

を入れずに閉店して、常連客にも閉店すると伝えたのに、あんな事がおこったから他の客を入れる事ができないから店はその日赤字になりました。酒井は爆発するぐらいの怒りがたまり与一をいないのをわかっているのに「与一どこー」と叫んだ。

酒井は性格が悪いうえで、人を馬鹿にし、周りの人に気遣いがないところと冷たくてうるさい人で少し有名。

無職になった与一は家に帰ってきて暗い中で布団へ身をなげた。初めてそんなに怒られたから少しパニックになってしまった。

目を開けるとすでに翌日になっていて部屋中を太陽が照らしていた。

一日気持ちの整理をして昨日の事を何もなかったように忘れる事にしました。

都会で、思ったより何ヶ月も仕事が見つからずお金もなくなり、家賃を払えなくなってきたから都会で働いて暮らす夢を諦めて、田舎にある家へ戻る事にして荷物をまとめました。

数日後、与一が街中で歩いていると、高級料理店の従業員とばったり会いました。

「久しぶりね与一、元気だった？」

「久しぶりです。元気です」

「クビになった後に就職先がなかなか決まらなくて、お金もなくなってきてるから田舎にある家へ帰ろうかな～と思ってます」

「そうですか…じゃ、体に気をつけて、元気でね」

「はい、先輩もお元気で」

だけど、店長の酒井があの日の事で悔しさと恥ずかしさがなかなかおさまらなくて、怒りが消えなくて弁償をしてもらうと思いついて仕事場で急に「ね、与一って今どこにいるかわかる人いる？」と全員から聞いてみた。

「与一なら田舎へ帰りましたよ」と知らせた。

「田舎へ帰った？　どこの田舎に？」

「そこまではわかりません」

「おまえ、与一をかばっているの？」

「いいえ、本当に知りません」

「他に知る人いる？」

与一の帰った田舎を知る人は一人もいませんでした。

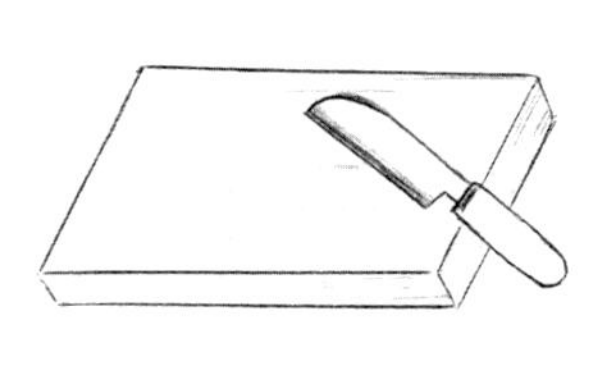

# 第三話　初面会

与一は田舎の家に帰ってきました。

扉を開けたら誰もいない真っ暗で中から冷たい風が身を包み、暗くて寂しい家のまでした。やっと灯りをつけたら家がほこりだらけでした。

もし、待っている人がいたら家の中は少しでも温かかっただろうと思った。帰ってくる前に都会で蝋燭をたくさん買ったからすぐに火をつけて布団を出してほこりを落としてから中に入りました。最初から布団や床が冷たかったけれどその晩はすぐに眠れた。

朝起きて持っている食材を見て、簡単に作れる物を出して朝ごはんを作って食べた。そこから本気で田舎暮らしを考え、これからの生活の計画を立て始めた。

数日後の夜の事。

雪も降り始めて激しくなっていて早めに火をつけた。

家はなかなか暖かくならず頭から足の指先まで冷たいまま。急に扉を叩く音がした。

(こんな時間に、こんな所で行く人はいない、人じゃなかったら熊か？　でも、熊は冬季に寝ているから違う。熊じゃなかったら何者だろう？。扉を叩く音じゃなかったら何の音なんだろう？)　っと思っている間にも扉をまた叩いた。

「誰なの？」と与一は玄関のところから言ってみたが返事がない「誰なのよ、早く言いなさい」と与一はもう一度大声で言ってみた。

「あのう…私たちあやしい者ではないです。扉を開けてくれませんか？　外が寒くてこれ以上歩けないです」と扉の向こうから年寄りの男性の声がした。

　与一は何も考えず扉を開けると、雪吹雪の中で目の前に年寄りの男性と若くて美しい女性が震えながら立ってました。よく見ると薄い生地の着物を着てました。草履をはいてないのに足袋もはいてない二人は裸足でした。けれど、年寄りの男性の足に血が見当たり、女性は年寄りの男性を支えているから与一は男性が怪我していると思いました。

「こんばんは、こんな遅くにすみません」

「いいえ」

「私たち道に迷ってしまいまして、一晩泊めてくれませんか？」

「ええ、中へどうぞ」と与一は二人を家に入れてやった。

二人は体についた雪を玄関で落としました。

年寄りの男性と女性は自分たちを親子だと言う。

「二人ともどうぞ火の近くに座って体を温めてください」

「あっ、はいありがとうございます」

親子は火の近くに座ると、与一は小さめの布団を出して二人に渡しました。

親子にごちそうしようと材料を確認しました。しかし家には三人分の食材はなかったからとりあえずねぎときのこの味噌汁を作ろうと火をおこした。

年寄りの男性は持っている袋からあるものを出しました。

「これをあなたに」

「なんですかこれは？」

「これで調理してくれますか？　三人で食べよう」

年寄りの男性が出した物をよく見ると生の魚でした。

「いいんですか？　もらって」

「ええ、もちろん」

与一は魚を焼く事にしました。魚を焼いている時にお味噌汁ができあがりました。

年寄りの男性の怪我を思い出しました。

「すみません、怪我したんですか？」

「あっ、ええ、はい」

「ちょっといいですか？」

与一は年寄りの男性の足の怪我をよく見ると結構深く傷ついていたけど、治る気がした。

料理がそろそろできあがる時間だと思って、料理を食べたあと年寄りの男性の怪我をもう一度見ると言ってお味噌汁をよそう。女性はずっと今まで黙っていたのにお味噌汁を飲んだ時に「おいしい」と笑顔で初めて言葉を出した。

年寄りの男性からもらったお魚は焼いて食べたらとても美味しかった。（最近魚食べてないからだろうか、こんなに美味しく感じるのは久しぶりだ）と与一は思いました。

「食器の片付けは私がやります」と女性が立ち上がりました。

「いいえ、大丈夫です。ゆっくりしててください」

与一は自分で食器を持って立つと「やっぱり私も手伝います」と女性が立ち上がると「いいえ座ってて、体がまだ温まってなかったでしょう？　裸足ですし僕がやりますから心配しないで」与一は三人の食器を洗い、戻ってきました。

年寄りの男性は自分と娘の自己紹介をしました。

年寄りの男性をつるきと言い、娘をかくにょうという。

「すみません、傷口を見せてもらってもいいですか？　薬あるからぬってもいいですか？」

「本当ですか？　お願いします」

「少し痛いかもしれませんが我慢してください」

傷口に粉薬をやって次にジェルのような薬を塗りました。言う通りに痛くて痒くなったけど下唇を噛みながら我慢した。

足を布で巻いて「終わりました」と言いました。

「ありがとうございます。お父さんに手当てしてくれて」とかくにょうが頭下げるとつるきも頭を下げました。

「いいえとんでもないです。もう遅くなったし寝ましょうか？」と与一は布団に入りました。

「あっ、はい、おやすみなさい」

つるきが目を覚ますと娘が隣にいなくて周りを見回してもいなかった。そしたら娘が外から与一と一緒に入ってきました。

「お父さんおはようございます」

「つるきさんおはようございます。ゆっくり眠りましたか？」

「おはようございます、ええゆっくり眠れました」

「怪我のほうはどうですか？　痛くありませんか？」

そう言われたつるきは足の怪我したところ触ったら痛くありませんでした。

「素晴らしい、痛くないです」

「それはよかったです。もう一回見せてもらってもいいですか？」

与一が昨晩に巻いた布をとってみたらだいぶよくなってました。

「また薬を塗りますね」と傷口を一回きれいな水で洗い流してきれいな布で拭いて薬を塗り、また新しいきれいな布で巻きました。二度目の薬をやった時に痛くもなかった。それに年寄りの男性が驚きました。

かくにょうは朝ごはんの準備を与一と一緒にし、お手伝いをしました。つるきが娘を与一と仲良くいるのを見てなんだか安心してました。

「つるきさん、昨日のお魚美味しかったです。僕は見ての通り貧乏な力の弱い人ですから最近魚を釣れず、肉を全然食べてなくて野菜ばかりで久しぶりに肉種の一つを食べて嬉しかったです。白米が冷たくて申し訳ないです」

「だけど、君の巻いてくれた布はきれいな模様があって着物など縫う布ではないのでしょうか？」

「ええ、もちろんです。だけど、もういらないものなので心配いりません。昨日と今使った布は毎日洗っている物なので大丈夫です」

# 第四話　古い着物屋

与一は自ら小さい頃からの自分の人生の事を語り始めた。

与一の父親は二代目の有名な着物屋の社長。お店は都会にある。毎日忙しくて休む時間がないままお店を閉める時間まで必死に働く。父親は与一と遊ぶ時は遊んで、とても優しくて一度も怒りませんでした。忙しい中で急に体を壊してしまい倒れた。お医者さんにみてもらうと重い病気になり腎臓が悪くなり働きすぎだと言われ、薬を出してくれた。

父親は仕事場で顔を出し、立つことできなくなって家にいるようになった。

「悪いね、君に負担をかけて、こんな幼い子がいるのに仕事をしている姿を見せずずっと布団の中で何もせずいて申し訳ないね、早く回復したいな」

「いいえあなた、そんな事ないよ。君の一番の弟子の長崎くんがお店にあなたの代わりにいてくれて、お店は相変わらずに営業を続いているわ。私もあなたを早く治って欲しいわよ、子供のためにもお店のためにもね」と奥さんは相変わらず優しくにこっとした。

外で母親は時々言う「与一、いつも悪いね、お父さんが病気だから外で三人で食事できなくて、どこにも出掛けることができなくてごめんね。もしお父さんが元気だったら一緒にお店で三人でごはん食べているわよね」

「お母さん、お父さんが元気になったら三人で外でごはんを食べるし遊びに行けるよね?」

「もちろんそうよ」

「へぇ〜早くよくなって欲しいな〜他の子供のようにお父さんと手を繋いで歩きたい」

与一の父親は治らないまま八年ごしで寝たっきりでお亡くなりになりました。その時与一は十歳にまで成長しました。

与一はいつもの通りに朝早く起きて「お父さんおはようー」と元気いっぱいに大声で言い、襖を開けると父親が目をつぶって仰向けでいた。まだ寝ているかと思っていた与一は父親の隣に座って耳に「おとうさん朝だよ」とささやきました。なのに起きないからしばらくして「おとうーさーん朝だよー」と体を揺らしても反応がなかった。何で起きないんだろうーと思って「おとうさん起きてよー」と体を揺らせた。

その時「やめなさい与一」と母親が入ってきました。

「お母さん、お父さんが起きないんだよ」

「与一、お父さんは今寝ているの、病気だからそんなことしちゃダメよ、わかった?」

「はーい。だけどお父さんは全然起きないんだもん。普通なら起きるんだもん」

　母親はそう叱りながら夫の体に触れるとひゃっとして冷たかったから吃驚した。おかしいと思って「あなた」と胸のあたりに手を置いて呼びました。だけど目をつぶったままでした。

「ねあなた、ねあなた」とまた呼びました。反応がありません。そうなると嫌な予感がして「あなた朝だよ起きて、朝だよ。太陽がもう天に昇っているわ、起きて朝食の時間よ」といろいろ話しかけても目を開けることはなかった。

「お母さん僕が言ったでしょお父さんが起きないって」

「黙れ！」と言う母親は恐怖でいっぱいな顔色が一気に変わって立ち上がって早足でいなくなった。そんな母親を初めて見た。しばらくして母親がお医者さんを連れてきた。

「奥様、落ち着いて聞いてください…旦那様はもう…」

「もう？」

「もう、息を引き取ってます」

「えっ？　本当ですか？　本当に言ってるんか？」

「はい奥様」とお医者さんが父親の前に手と手を合わせました。それを聞いた母親の目から涙が雨のようにこぼれ始める。

「あなた何で私と与一を置いて行っちゃうのよ、何で何で何で、これからお店をどうやってやって行けと言うのよ、与一もまだ小さいのに」と泣く。

全部見ていた与一は父親が亡くなったとわかりました。

母親みたいに泣きたいけど、男は泣くもんじゃないよ、泣かないぐらいに強く生きるんだぞと父親の言葉が頭に浮かんで我慢をして涙をださなかった。

その日のうちに父親のお体が家から出された。与一は家から離れて父親のお体が行くところまで母親と一緒に行きました。あるおばさんが「ねぼうやあそこで一緒にごはん食べに行かない？」と言われたけど与一はそこから離れたくなかった。

「与一、そのねえさんについて行きなさい」

「でもお母さん」

「そのねえさんはごはん屋さんに行くから早く一緒に行きなさい」

母親の言う通りにおばさんについて行きました。入ったお店は良い匂いがしていてよけいにお腹がすいてきた。

「与一くん食べたいものを何でも注文してね。おなかいっぱいに食べてもいいんだよ」

おばさんのその言葉は嬉しかったけど、父親が亡くなったばかりだから気持ちが晴れない暗いままでなんか笑顔にならない。「与一くん、おばさんは君の気持ちがわかるよ。だけど今こそおなかいっぱいに食べよう」とにこっと笑いました。

（もし、お父さんとお母さんがここに座っていたらどんなごはんを注文していただろう）と思う与一でした。

数日後にお葬式が始まりました。たくさんの偉い人や有名な人が来ました。与一の知らない顔ばかりで謎のようでした。着物屋の従業員たちも参加しました。

お坊さんがお経をあげている時に与一はやっぱり泣きたくなってきたけれど我慢をした。終わった後に人々は与一は泣かずにいて偉いと褒めました。だけど与一はいくら褒められても嬉しくはなかった。母親も与一とかかわることはあまりありませんでした。

長い長いお葬式がやっと終わりました。

亡くなった夫の着物屋を継ぎ、夫の弟子の長崎と共に働くことになりました。夫が亡くなると家でやる仕事は無くなり一人息子の与一を育てることになってしまいました。お店にいる間に与一を自分の姉に頼みました。

与一は反抗期じゃなくよくよく成長し、着物屋にも時々手伝うようになりました。長崎はお店のあらゆる事を学び教わって知らないものは一つもない。一番長崎は与一に全部教えるようになりました。というと、与一の父親が生きている時に長崎に結構お話をして頼んでた。

当時与一の父親は長崎とある話をしてました。

「長崎くん君に頼みがある、これが最後かもしれない。妻と息子の与一は私の病気を治るって信じている。けれど私は自分のこの病気を治るって思いません。信じてもいない。だから私が死んだ後に息子をお店をつがせてほしいわけ。これに君は反対？」と急に聞かれた長崎は驚きました。だけど長崎にはお店をつぎたいという気持ちは最初からなかったから「もちろんです。私ももちろん与一くんについで欲しいです」

「ありがとう。頼んだぞ。だけど今の話を妻には内緒にしてくれない？　言わないで欲しい」

商売に向いている性格を持っているからお店は赤字にならず続きました。与一が記憶力が良くて美しい顔になり育ち、背も高く情報が広まってあらゆる所からあらゆる年齢の女性たちは与一を見るために来るようになり、人気になりました。売上も伸びました。

「お母さん、これから家にいてほしい」

「どうして?」

「これからお母さんに楽してほしいの。これから俺がお母さんの分働くから、仕事にもなれてきたし」

「与一がそういうなら、お言葉に甘えてみるかしら、うふふ」

与一が一人前になったから母親はほっとし、だんだんお店に顔を出さなくなり家にいるようになりました。

そのうちに、与一が二十歳になった秋のある朝いつものように母親と一緒に家にいて、お盆を持って歩いた母親は目の前で急に倒れてしまいました。母親を見て驚いた与一はすぐにおんぶして布団に入れて従業員に母親を頼んで。お医者さんを呼びに走り出した。

お医者が家に上がって母親を見て体に耳を向けました。

「今は、なるべく仕事をさせないようにしてください。しっかり休んで、薬を飲んだほうがいいです」と薬を出してあげました。何時間後に母親が目覚めました。

「お母さん、具合はどう？」

「私どうしたの？」

「急に倒れて、驚いたよー」

「そうなの？」

「お茶を飲む？」

「ええあれば」

母親を目を覚ましたから一安心した。

時間は夕方になりお店も心配だから一回お店へ行くと母親に言い、そこから離れて行きました。

与一がお店に戻ってくる従業員たちが母親の事をずっと心配してたから、母親の具合を一人一人が詳しく訪ねる。

「皆様ご心配ないですよ、お母さんはもう大丈夫です。お店に何か変わった事ありますか？」

「いいえ、お変わりはありませんが、奥様のお体は本当に大丈夫ですか？」

「ええ、無事で意識が戻りました。ご心配なく」

「それはよかったです。だけど、与一様もう閉店の時間になりますけど」

「ああそうですね。そろそろ閉める準備をしましょうか」と与一と長崎と従業員たちがお店を閉めて帰りました。家に入るとお帰りと母親が立ってました。

「お母さん何してるの？」

「へぇ？　なにその質問」

「だって今日倒れたのに布団にいて休まなきゃだめじゃないの？」

「大丈夫だよ大丈夫」

「だけど」

「大丈夫だから」

「今日は晩ごはんは食べますか？」

「そうね～食べようか」

「お母さん晩ごはんを僕が作るから休んでて」

「それは」

「いいから、今夜僕に作らせて」

久しぶりに与一が晩ごはんを作りました。

「ね与一」

「うん?」

「与一は料理を上手に作るようになったね」

「本当?」

「ええ、女に負けないぐらい上手だわ」

「お母さん、ありがとう」

母親が倒れてからもう二年たった。

桜が咲いた春の日に、家の中から見える桜を布団にいる母親の顔に笑みを漏らしながら隣にいる与一に「今年の桜もきれいだわ〜」

「そうね」

「だけど、君の父親は桜より梅の花が好きだった。梅の鳥のメジロが好きだったね」

「そうだったね」

「もし君の父親が生きていたら花見を毎年やりたかった。三人で桜を見たかったな。君は覚えてないかもしれないが、君を二歳まで、あの人が倒れるまでは三人で花見をやったりお正月をしたり、たくさんのことやってたよ」

「お父さんはいくら病気でも僕と遊んでくれてたから嬉しかった」

「与一、うちの着物屋はね、君で三代目だけど、お店を頼むよ」と、言って目をつぶって横になり最後の息を引き取りました。

与一はなぜかお医者さんを呼ぶ気になりませんでした。仕事に戻らず朝までずっと母親の隣に座ったまま、母親の手を握りながら目を閉じました。涙が勝手に流れ始めた。与一は今度は泣くことは我慢できませんでした。泣かないぞって思っていても涙が勝手に流れる。

「与一くん」と長崎がやってきました。

「ね与一くん大丈夫？」

「ええ大丈夫です」

「どうしたの？　顔色よくないじゃないですか」

「ええ」

「昨日一日中お店に来なかったから皆心配してますよ」

「心配させて本当に申し訳ございませんでした」

「まさか与一くん寝てなかったとか?」

「聞いてくれよ長崎さん…お母さんが旅に出ちゃいました」

「えっ?」と長崎はしばらく黙った。

「お母さんを移動させましょう?」

「何を言っているの与一くん」

「僕の言うとおりにしてほしい」

「奥様に何かあったのですか?」

「僕についてきてください」と言われ、与一について行ったら母親のいる部屋へ入りました。

「与一くん奥さんは寝ているんですか?」

「見てわからないの? もう亡くなっている」

部屋が暗かったから母親の顔色はよく見えない。奥様をよーく見た長崎は手で口をふさいで急に座り込んだ。冷や汗をかき「与一くん本当に奥さんが亡くなったの?」

「そうです」

長崎は吃驚して「奥さまー」と泣き始める。驚きました。

長崎は与一の母親の事をずっと具合が悪かったから、いつ亡くなってもおかしくないとたまに思ったりした。

従業員たちものすごく驚きました。

翌日、母親の葬式を開きました。

お葬式のこと何もわからない与一に従業員の一人が一から教えながら一緒にやりはじめた。お葬式には父親のお葬式に来た人より多くの人々が来ました。

## 第五話　新しい着物屋

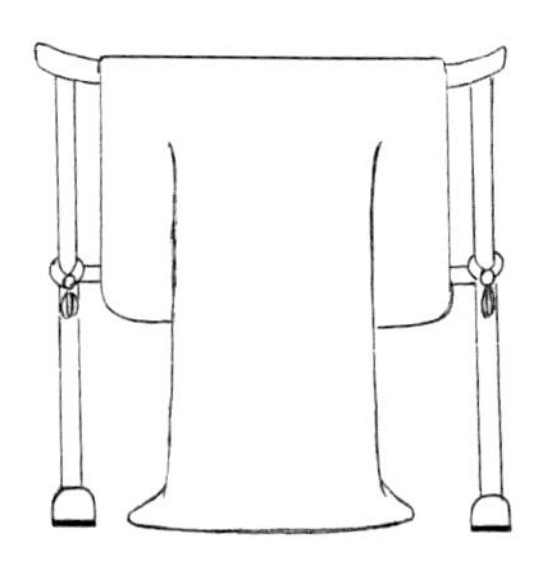

与一に両親から残ったのは着物屋と、広い家だけでした。

母親が亡くなっても冷静に仕事を続けて売上もよくて何も心配することなかった。

数年後に、与一の着物屋の近くに、新しい大きい着物屋ができた。

「なぁ、新しい着物屋の大店に誰か入ったことある？」と与一は従業員に聞いてみました。

「ええ、まぁ、一回だけならありますよ」

「どんな感じでした？」

「それはそれは新しいからもちろんすごかったよ。どうしてそんなに人気があるのかわかるけど、うちのお店とほぼ同じ物売ってたね。小物から着物まで売ってまして、お客の注文を受け取り、着物を作ってます。他に違うところはなかったね。だけど若くていい顔の男前の男性たちがいるから女性に大人気みたい」

次の日のこと。

「ねえ、会計係長、今月の売上が先月より減りました？」

与一はライバル店が出来たからお店の売上が心配になりました。

「ええ、まぁ、はい」

与一は売上の金額の書類を確認した。

「う〜ん、これはまずい、こんなに減ると思わなかった。いったいこれはいつからですか？」

「二ヶ月前からです」

「二、二ヶ月前から？」

「はい与一さん、私に引っかかるのはあのお店ですよ」

「あのお店？　それってあの新しい着物屋の大店のこと？　そうならうちの着物屋の売上と何の関係があるの？」

「与一さん、考えてみてくださいよ二ヶ月前までのうちの着物屋の売上がいつも変わらなかったけど、あの新しい着物屋の大店ができた日からうちの着物屋の売上が徐々に減り始めたのよ」

「いや、僕はそう思いませんよ。ただ、うちの売ってる布がお客様の心にかなわなかっただけ。でも、従業員の給料は変わってないですよね？」

「それは、従業員の給料を減らしました」

「はあ？　お給料を減らした？　どうして？」

「申し訳ありませんでした。でも、仕方がありませんでした」

「ああ、だから従業員たちが早く帰ってたんですね」

与一がため息のように言いました。

次の月から与一が、会計係長と一緒に着物屋の毎日の売上を月一回に確認することにした。今まで三ヶ月に一回確認してました。売上を上げるために布を、着物を、新しく変えたり、小物に宝石を入れたり、とにかく売上を上げるために力を入れました。

与一の着物屋が年々お客様が減ると重ねて着物屋の品物が売れなくなって、従業員も二人、三人、五人が自らどんどんやめて行きました。お店には会計係長と長崎だけが残りました。

「お疲れ様与一くん」と常連客が来店しました。

「いらっしゃいませ、あら、女将さんお元気ですか」

「ええ、お店がなんだか寂しいね」

「そうですか？　それは申し訳ありません」

「まさかあの新しい着物屋のせいかい？」

「わかりません」

「あの新しい着物屋は確かに人気ですよね」

「女将さんあのお店に入ったんですか？」

「ええ、いい男ばかりでね。そのうえで優しいし、接し方がすごい上手かった。そりゃ人気があると思いましたよ」

「うちの従業員もそうおっしゃってました」

「だけど与一くんもあの店の男性たちに負けないぐらいいい男わよ」

「ありがとうございます。女将さんにそう言われて嬉しいです」

「だけど、あの店にいい男がいても着物の生地や小物など商品はいいものではなかったわね。このお店の売り物は全部がいいものばかりそろってるよ」

「そうなんですね、それはとてもありがたいお言葉です」

夜になりお店を閉めました。

「旦那様、お話があります」と、会計係長が声をかけました。

与一がたいしたことないだろうと思い話を聞きました。

「与一さん、大変申し訳ございませんが、私もやめたいです」

「え、やめる？　急に何を言い出すの？　会計係長がやめたら大変困ります」

「はい、私にも家族がいるし今の収入じゃ、生活して生きるのが難しくなっているんでやめさせてほしいです」

与一が突然の不満な顔つきに変わり、頭の中がぐちゃぐちゃになった。だけど、会計係長が自分のお店でこのまま働いていたら生活できなくなると聞いたらやめさせなきゃいけないんだと決めました。

「わかりました。会計係長のこと考えたらやめてもらったほうがいいですね。お客様も減ってきたしね」と言って寂しく微笑みました。

翌日、長崎が出勤しました。お店で与一が一人でいるから会計係長を尋ねました。

「いないよ」

「いない？」

「どこかへ行ったのですか？　それとも具合でも？」

「いいえもう来ない」

「どういう意味ですか？」

「やめました」

「はい？」

「会計係長がやめたんです。昨日の夜の時点で私にやめる、ここで働いていると生活ができなくなる、家族もいると言ってましたから」

「本当かよ」

「さぁ頑張りましょう」

そんなある日与一は営業する前に長崎に話があると言った。

「あのね、私はね、このお店を閉店しようと思うんだ」

「急にどうしたの与一くん」

「急な話でごめんなさい。見てるとおりにお客様が前よりすごい減ったでしょう？一週間に二、三人しか来なくなったし、これなら何も売りにならないと思った」

「だからお店を畳もうと思ったの？」

「ええ」

「そんな…でもお店は与一くんで三代目になるのに畳んじゃだめですよ」

「もういいんです。着物と生地が売れなくなったし、小物は月に三つや四つしか売れないし、うちのお店はもう終わりだと思う。もう諦めよう、長崎さんには退職金を払うから」

「確かに与一くんの言うとおりだと思うよ、でもそういう問題じゃないよ」

「僕は田舎に帰って普通の暮らしをするから」

「本気で言ってる？」

「はい」

「普通に休業することできないの？」

「お店を畳むって決めたから」

「私に時間をください」と長崎が離れました。

営業時間が始まり与一と長崎がいつものように仕事をしました。暗くなり閉店の時間になりましてお店を閉めました。長崎が今話す時間だと思った。

「与一くんもう一度話そう？」

「ええあそこに座って話そうか？」

「私お茶をいれてきます」

「いいえ大丈夫です」

与一と長崎が顔と顔を合わせて座りました。

「与一くん今日一日中考えてみました。お店を引っ越しさせるとか、もっとはばひろくさせようよ」

与一は下を向いて黙った。そこに静かがさまよう。

「いいえ。それを僕も考えてみたよ、やっぱり無理です。あなたも知っているとおりにこの何ヶ月でうちはもう赤字で大変でしょう？　引っ越ししたりはばひろくしようとしても、そういうお金がないってことをよく知ってると思うけど僕の考えは変わりません」

「お金の問題なら私がなんとかするから」

「いやいや、とんでもないです。そんな迷惑かけることをさせたくないです」

「いいえ与一くん。私は君の父親の弟子で、自分にとって一番の親方である。たくさんの物を教えてくれた恩人の人と変わりがない。すごい貧乏だった頃に誰も仕事を与えてくなかった。あんな私に君のお父さんだけが救いの手を差し伸べてやっと普通の生活を送ることができた。もしあの時君のお父さんがいなかったら私は餓死していた。だから今度私が与一くんを助けたいんだよ」

「そうだったんですか。でも本当に申し訳ございません。お店を閉店させます」

長崎がうついむいてしばらく黙っていて顔をあげました。

「そうなんですね。そうならもうしかたがないね。わかりました。私も諦めます。でも与一くん、閉店するというお知らせの紙はります？」

「そうですね、それを考えてなかった」

「常連客と普通のお客様たちが知らないからはったほうがいいんじゃないの？」

「うーん、知らせの紙をはらずに静かに畳むよ」

「そう？　与一くんらしいわね」

　数日後に与一は本当に着物屋を畳みました。

　与一は長崎と一緒にお店の片付けをしてお店にある商品全部を隠し家に移動させてお店の中身をからからにしました。

　表の門を鍵して二人ともお店の前で手を合わせました。

「与一くんこれで最後の面会になっちゃうね」

「ええ。寂しくなりますね」

「与一くん元気でね」

「ありがとうございます、長崎さんも」

　常連客たちは与一が着物屋を畳むとは思いませんでした。与一も常連客の誰にもお店を畳むと報告しなかったから何も聞いてない常連客はお店の前に来て閉まっていたから驚きました。いらだった客がいれば悲しんだ客もいて、なにもかんじない人もいました。

数日間家でひきこもり、休んでいて、外で仕事したいと思うようになり、気持ちが高ぶってきた。

気持ちの整理をして仕事探しに出かけました。いろいろ見回った結果高級料理店で仕事が決まりました。自分を代々からつづく着物屋の息子だと言えず隠した。隠しても表に出る仕事じゃなかったから顔見知りだったお客様と会う事はないから安心して働ける。ここまでの出来事を与一はつるきとかくにょうに一言も忘れず全部話しました。

与一の話を聞いていたつるきが「きみだったのか」と急にぽろっと言っちゃったけど与一はまったく気にしなかった。つるきが与一を都会で倉庫にいた鶴を逃がした事を知ってました。

# 第六話　新婚さん

与一は昼になると目的がないのにいつも出掛ける。たまに釣りをするけど冬はなるべく遠くへ行かないようにしているけれど薪を拾うためには必ず出掛ける。昨日の時点で一週間分の薪を集めたから今日から一週間森へ行かない。

日が昇って明るくなったのに激しくふる雪が止まず音が大きくて外に出るのは難しかった。家から誰も出れず三日になる日には激しくふる雪が止んだみたいで大きくて怖い音が聞こえなくなった。与一が扉から顔を出して外を見回したら晴れた青空になってました。雪も止みました。

「つるきさん僕家の周りの雪の片付けをするので休んでてください。もし火が終わりそうだな～と思ったらこの薪を足してください。何かあったら叫んでいいですよ」と言うと「私も手伝いたい」とかくにょうが言った。

「あっ、そうだ、忘れてたちょっと待ってて」と与一が出て行きました。つるきとかくにょうが驚いた表情で顔を見合わせた。

「持ってきた。これを着てみて」と与一は腕いっぱいに何か持ってました。

つるきとかくにょうが手にもってよく見たら厚い生地の綺麗な彩りの花や鳥の絵の着物でした。

「これは?」

「冬ですし寒いから着てください。こんな薄着じゃ…見てる僕が心配になっちゃいます」

「ありがとうございます」

　着てみたらとても暖かくて一瞬で寒さを感じなくなった。与一は外でつもった雪の片付けをしてたらかくにょうがやってきました。与一が吃驚して「外寒いのに何で出てきたの?　中で休んでて」と言うと「いいえ私も手伝います」とかくにょうが家の中に入りません。しかも裸足だった。家に入れといくら言っても聞いてくれないからしょうがなく手伝ってもらいました。

　つるきとかくにょうは与一の家にいて九日目になりました。

　つるきの怪我も治って十日目の朝に与一に話があると言う。

「与一さん、儂は今日でこの家から出て行きます。十分お世話になりました。結構お邪魔もしたし、怪我も治ったし天気も落ち着いてよくなったから行かなくちゃなりません」

「そうなんですか?」

「でも一つだけお願いがあります」

「お願いですか？」

「はい。それは…うちの娘のかくにょうを嫁にもらって欲しい」

「えー」と与一が目を大きくし大声を出した。

「よろしいでしょうか？」

与一は急なお願いに戸惑い、答える事はできませんでした。つるきが何度もお願いし、かくにょうもずっと与一を見つめました。与一には嫁をもらう気はなかったんじゃなくて、貧乏で一緒に暮らしていける自信がなかったからでした。

「つるきさん、かくにょうちゃん、僕には自信がありません。こんな貧乏で楽しくない、苦しい生活の僕は嫁をもらう権利はありません。娘さんを幸せにできません。僕と一緒にいれば苦労もする」

「与一さん、それでもいいんです」とかくにょうは強く言いました。

「は？」

「与一さんは誰よりも優しくて心が綺麗なんです。そんな人の嫁になったら私は誰よりも幸せになる気がする。これ以上遠くへ行きたくない、いっそあなたの側にいて女房になりたいです」と与一の手を握りました。

「娘もこう言ってるし年をとって死んでもおかしくない儂のお願いを聞いてくれませんか？　今生きてるうちに娘を嫁に行く姿を見たいです」とつるきは諦めずに何度も頼み続けます。

「でも、俺、結婚式あげることできないよ、両親が亡くなり、親戚とほぼ繋がってない上にお金がないから」

「結婚式はあげなくてもこのまま暮らそうよ」

「かくにょうちゃんがそれでもいいなら僕も同じく」

与一は二人に負けてかくにょうを嫁にもらう事になりました。

つるきが行く前に暖かい着物と何枚かの雪沓を渡した。娘を嫁にしたから安心して一人で旅を続ける事ができる。

「儂はこれで失礼します。儂はもう二度とここに来ないかもしれません。娘を頼んだぞ、二人ともお幸せに」と年寄りの男性が歩いて行き姿が消えました。

それから与一とかくにょうの夫婦での新たな暮らしが始まりました。与一はかくにょうにある物を渡した。それが金に光る花の髪飾りでした。それを嫁になった証しと言う。かくにょうはなにより喜び、嬉し過ぎて涙がぽろんと落ちた。

かくにょうの母親はここに来る前に亡くなったという。

「かくにょう今から村の人々全員に挨拶しに行こう」

「本当に？　嬉しい。皆と挨拶したい」

与一は村にいる全員の家を尋ねて自分は嫁をもらったと報告しました。村の人々もお祝いの言葉を捧げました。しかも見たことのない若くて真っ白な美しすぎた女性だから人々が驚いてました。かくにょうと与一が家に帰ってきた時に扉を叩く音がした。今来る人はいないと知っているけど何度も扉を叩くから与一が扉をあけました。外には近くに住んでいる人がいました。その人が与一とかくにょうに一緒に来て欲しい所があると言うと驚いて与一とかくにょうは村の人について行きました。村の人とある家に入ったら急に「おめでとう」と大勢の人が一気に言いました。よく見たら村の人が全員いました。

「ご結婚おめでとうございます」

「えっ、あ、ありがとうございます」

「さあさあお二人こちらへどうぞ」と与一とかくにょうをテーブルの真ん中に座らせた。

目の前にたくさんの食事が用意されていた。

村の一番年寄りの男性が与一に盃を渡して酒をいれた。

「新婚の二人ともたくさん食べてたくさん飲んでね」

「皆様このごちそうを僕らのために用意したの？」

「そうですよ」

「そんないいのに、今は冬ですし食料など少ない時期でしょう？　なのにたくさんのごちそうを用意されるなんて申し訳ないです」

「与一くん気にしないで、村の少ない若者の一人が嫁をもらったというのに聞いただけでは何もしないというのはいけないのよ。だから我々はある食材で料理作ったのよ、なあ皆」と村長が笑顔で言ったら他の人たちもそうだそうだと返事をする。かくにょうから、与一とどうやって出会ったとか、与一のどこがよかったとかいろいろ質問する。かくにょうは自分の事をあまり詳しく教えません。夜遅くなって与一は帰りたいと皆に伝えました。酒を飲んで寝ている人が多かったから一人のおばあさんが与一たちを時間もこんなですし早く帰ったほうがいいと帰らせた。

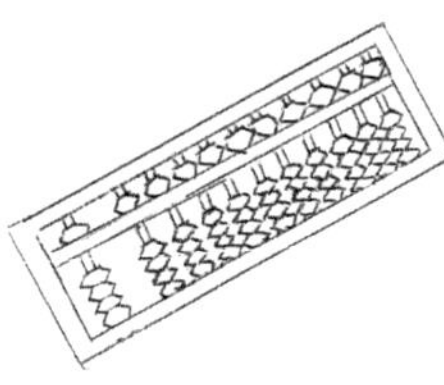

# 第七話　助言

かくにょうが嫁になった日から家が毎日暖かくて暗い気分もだんだん明るくなって生きるのが楽しいかもと思うようになった。二人で生活するために一生懸命に頑張りました。

夜になって「あ〜寒い寒い」と言いながら与一が帰ってきた時にかくにょうが晩ごはんを作って待ってました。

「お帰り」

「ただいま」

「夜ごはんはもうできたよ」とごはんをよそってあげました。

ごはんを食べたら肉が当たりました。吃驚してよく噛んでみたら本当に肉でした。

「かくにょうこれって肉かい？」

「うんそうだよ」

「え？　どうやって…」

「私が釣ってきたからだよ」

「いつ？　今日？」

「うん今日だよ」

かくにょうがいつ釣りに行ったかを思いつきませんでした。ずっと一日中家の中にいたと思ってました。家に釣り竿が一つもないのにどうやって魚を釣って来たんだろうと思いました。時期が冬ですし女性に釣りするのも難しいのに、魚をもらってくる家や人もいない。

「ね、どうやって魚で料理できたの？　魚をどうやって釣ったの？」

「ああそれは…気にしないで」とかくにょうが笑みする。

これ以上聞くのをやめようと与一が思いました。

次の日から魚を毎日食べるようになりました。

与一もどうやって釣ってきたのか聞くのを我慢して、あまり気にしないようにしてました。それでも気になるか。外で仕事をしているふりをしていてかくにょうを家から出て行くのを待ってました。時が来てかくにょうが家から出て行きました。与一が音を立てずに後をついて行きました。かくにょうの歩きが非常に速くて追いつけないぐらいでいつのまにか姿を見失ってしまいました。どこにも探してもいない、何時間探してもいないから疲れはてて家に帰る事にしました。扉を開けて休もうとしたら「あなたお帰り」とかくにょうが家にいました。驚いた与一は尻餅をした。

「あなた大丈夫？」

「かくにょういつから家にいたの？」

「いつからって…う〜んずっとだよ」

そういうかくにょうの言葉を聞いて信じられませんでした。さっきまで追いかけてたのにこんな早く家に戻ったとは不思議でした。

ある晩、かくにょうはこう尋ねました。

「ねぇあなた、数日前裏の家に入ってみたんですが、機織りできるものがあったから織布をやりたいと思う」

「ああそれ好きに使っていいよ。僕の母親が昔使っていたものだが、亡くなったから今は使ってない、使うみちもない」

「それじゃ、私に使わせてくれない？」

「うん、好きなだけ使ってね。でも壊しちゃだめよ、もし壊れたら僕が直す事ができないし直せる人はいないからね」

「もちろん。一つだけ約束してください。私が裏の家にいる時に中をぜったい覗かないことを」

「わかりました。そのぐらいの約束はちゃんと守ります」と与一が約束しました。

かくにょうは時間があればすぐに裏の家に入って閉じこもる。晩ごはん食べ終わって片付けしたら裏の家に入って音を立て始める。与一が布団に入ってもかくにょうは織物を織り続けました。かくにょうのやってることに一度も口出ししなかった。朝ごはんと晩ごはんはいつもと同じように作り、洗い物や、お掃除や、家事はきちんとやってました。

裏の家に閉じこもるようになって七日目の朝、与一が起きた時にかくにょうが手に何かを持ってました。目を擦って見ると、朝の太陽の光に宝石のように光るきれいな織布一巻が手の上にのっていた。

「何このきれいな布は、それどうしたの？」

「よくわかったね。これが私の織った布です。街に行ってこの一巻を売ってくるように織ったのよ」と自信満々に言った。

「え？　これ本当にかくにょうが織ったの？」

「ええ」

「すごいね、布を織る事ができるんだ！　すごいね、布を織るって難しいことなのに…裏の家で織ったの？」

「うん」

「疲れたでしょう？　やらなくてもいいのに」

「いいえ、私が一番やりたかった事なのよ」

「確かにすごい物が出来てるね。神の手を持っているねかくにょうは」

初めて織った布には鶴の絵がいっぱいで、かくにょう自ら千羽織と名付けた。

「今はいいけど次はやらないでねかくにょう」

「えーとにかく街に行ってきて」

与一は嫁の言うとおりに千羽織を持って街へ出掛けました。

道の途中で都会にいた頃の事を思い出して不安な感覚をまた思い出しそうで恐怖を感じた。だけどかくにょうのお願いだからあの時の事を忘れて頑張ろうと思いました。

街についてさっそく「新品の織布がありますよ、ぜひ、目を通してください」と声を上げて、なるべく人が多いところに歩いていきました。

「んっ？　これは、見事な品じゃ、儂に売らない？」と目を留めた山本という背の高い男の人が足を止めて見ていると別の背の低い男の松本という人が「なんという美しい織布なんじゃ！　こんな織物は見たことがない！　いくらですか？」と与一に聞いた。

「ちょっとまて最初に見つけたのは、儂だぞ！」

「え？　じゃあんたはこの品をいくらで買いますの？」

「二両で買う」

「俺は四両で買う」

「じゃあ五両？」

「七両」と男二人の声はどんどん高くなり喧嘩になりそうだった。

「坊や、お前は誰に売りたいですか？」と二人は同時に与一を見る。

「え、僕は、誰に売りたいといえば…」

「誰に？」

「坊や、誰に売るか早く決めてちょうだい」

与一がどうしたらいいかわからなくて、少し黙ったところで「は、はい、僕は最初の方の山本さんに売りたいと思います」

「え、なんだよ、そうなるの？」と松本が言ってそこから離れて行きました。

「坊や、君の持っている品にふれただけでとても素晴らしい美しい布だとわかる。またこんな素晴らしい布が手に入ったら儂の所に来てね」と山本が金を払って千羽織を持って自分の名前と居場所をわかる紙を渡して行きました。

布が売れたから家へ帰ろうとしたら松本と道でばったりと会った。

「あら！　坊や」

「おっ！」

「またこのような美しい品をあれば俺に売ってくれない？」

「でも僕はあなた様とつながる方法は知らないから困ります」

「そうだよな～じゃ俺について来て。今から俺の家に行きましょう教えてあげるから、少しお茶をしましょうね」と言われた与一は松本をついて行きました。

二人はお話をしながら歩いて行き「ここです」と松本が上を見上げた。

そこは松本の家で、仕事は舞台役者男女の衣装を縫っている。奥さんと一緒に家で衣装を縫って生活しているけど未だに子供ができたことはない。その街には着物屋がなくて都会へ行かないと衣装に使う布は買えないと大変さを話した。与一はついでに都会にある自分の着物屋の近くにできた新しい着物屋を聞いてみたら、松本はそこの着物の生地と布など商品は今まで見てた商品の中でよくないと言う。よかったのは与一の着物屋だったんだって。それを聞いて嬉しくなりました。与一の着物屋がつぶれる前に営業をしている時にいつも行って着物の生地や小物を買いに来てました。与一の顔を忘れたけど、与一には見覚えがありました。

松本はお喋りに夢中になってずっと家の前で喋っていて、家に入るのを忘れてしまった。家にあがってお茶とごはんを食べて行く？　って言われて嬉しかったが家で待っているかくにょうが心配だからお断りしました。

「すみません僕急いでいるからお断りします。また今度お邪魔しますよ」

「そうですか、じゃあここで待っててどこにも行かないでね」と松本は家に早足で入りました。しばらくして出てきました。

「坊やこれを持って帰れ」

「何ですかこれは？」

「米と猪の肉です」

「え～もらえません」

「いいから持っていけ。今日君から何も買えなかったけど次回いい布を持って来てくれれば喜んで買うよ」

　お礼を言って米と肉を持って家へ向かいました。

　与一は帰りの道で今日のできことを思い出すだけで嬉しくてたまらなかった。もうかった上に米と肉をもらったからかくにょうもきっと喜ぶと思った。今は冬季だから肉を長時間持ってても大丈夫だから安心して雪を渉り歩く。

「ただいまー」

「おかえりあなた。無事帰ってきたわね、よかった。千羽織は売れた？」

「売れた売れた。すごいよ、ね聞いてかくにょう」

「なに？」

「千羽織が高い値段で買い取った人がいてね、そこで出会ったもう一人の男性がこの米と猪の肉をくれて、また千羽織を欲しいんだって」

「そうなの？　それはよかったね」

「ええ、出来ればまた千羽織を織ってみない？」

「そうだね考えてみるわ」

「それで、二番目の男性が結婚生活が長いのに子供が生まれたらすぐ死んじゃうんだって、未だに子供がちゃんと育たないんだってとても心苦しいね。どうやったら天から子供が授かるかわからないらしいよ」

「あらそう」

その晩、で、もらった肉で料理をしました。猪肉の料理を食べたのは久しぶりな事で嬉しかった。

寝る前に千羽織の売上をかくにょうに渡した。

「どうして私に?」ってかくにょうに与一は「千羽織は君が織った物だから売上も君の物。僕にお金があってもあまり必要はないし、何か買うとなったら君が行くでしょう?　だから君にあげるよ」と笑顔で言いました。

二日後の朝。

かくにょうがまた裏の家に行くから私が出てくるまで覗かないで欲しいとお願いして裏の家に入って閉じこもりました。前回のように裏の家に入って何かやり始めた。

与一はかくにょうはまた布を織っているかなと思い仕事をした。

毎晩かくにょうに「むりをしないでね」と言うけど「心配しないで」と明るく言い返せる。

一週間過ぎてまた新しい布を与一の前に出して街へ行って売ってきてほしいと頼みました。今度の布は見事に美しい布で、光に当てればキラキラと光り手触りの柔らかい布に仕上がってました。今度の布は見るだけでどんだけいい生地かわかりました。与一は着物屋の息子で自分も布から小物までの品のよさを誰よりわかっているから素人が布を織ったらここまでいい物を作らないからかくにょうを何者なのって思ってしまった。本当にいい布だから高い値段がつくし、なるべく高い値段で売りたい気持ちになり、質問せずわかったとしか言えず、布をもらいました。

「あなた、髭が生えてきて髪の毛もだいぶ伸びたから売上の金で散髪屋に行ってきてちょうだい」

「今まで自分で髭をそったり、髪の毛を切ってたから大丈夫よ」

「いいえ私の言うとおりにして。あなたは一度でも散髪屋とか街の店に入ってらっしゃい」

「かくにょうがそう言うなら言うとおりにするね」

「それで、あの米と肉をくれた男性に『家の奥に金の魚の絵を飾ればいい、それでお子さんがいる家から着なくなった服か、いろんな家の子供の着る物をもらって、それを合わせて縫って一つの着る物を仕上げて、産まれた子供に着せるように伝えてね。
でも、子供ができる前には子供用の物は用意しちゃだめよ、そしたら子供できないん
だから、後、女性が熊の肉を食べ続けると子供できるんだよ』と伝えてね」

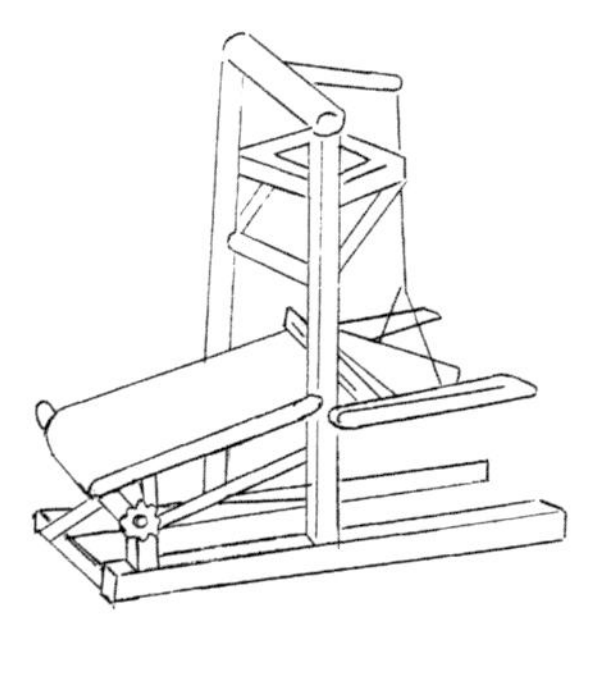

# 第八話　天罰覿面

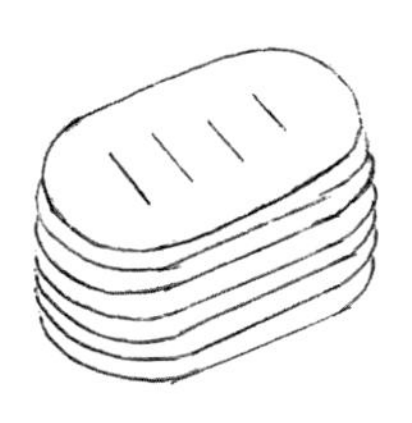

街に行けばこの前に出会った男性たちが必ず買ってくれると勝手に思いこんだ。

街に向かっている途中で山本と松本を覚えているからどっちと会おうかなと迷い、前回松本に布を売ってないから今度は松本の家に行くことにした。いろんな家を見て歩いている与一の名前を誰か呼んだような気がして振り向いたら本当にあの松本だった。

「こんにちは」

「こんにちは久しぶりね。どうしたの？」

「お久しぶりです。ちょうど松本さんを探してました」

「そう～どうして？」

「私新しい千羽織を持ってきました。松本さんの考えが変わってなければ買い取りますか？」

松本がこの間家に入れずお茶を飲ませず帰られちゃったから、今度は家でゆっくり話そうと与一を連れて家に入りました。

家は二階建てで中身はきれいに仕上がってました。お金持ちって思われる物はあっちこっちに置かれてた。壁に飾ってある松に座る鶴の大きい絵画が目に留まりました。

その日は奥さんがいなくて松本が自分でお茶をいれてきました。

「まずお茶を飲んで体を温めて。今は嫁がいないけどもう少ししたら暖かくなると思う。外寒かっただろう〜家は遠いの？」

「え、はい。私の家は結構遠いです。田舎に住んでます」

「そう〜大変ですね。この地域では雪がふるから田舎に住む人たちが一番苦労するよね」

「ええその通りです」

「でも、小さい頃の記憶に鶴があるんだよね」

「なんですかそれは？」

「それはね、小さい頃に仲のいい子供だちと遊んでいて一人についていったらある所に着いたのよ。そこに鳥の卵がありました。友達の一人がその卵に石を投げて割っちゃったの、もう一人が手にとって遠くへ投げて、俺たちはゲラゲラと笑ってたら上に鳴き声が聞こえて上を見上げたら大きい鳥が飛び回ってた。そしたら近所のおじさんが鬼の顔でやってきて俺たちを連れて行ったのです」

「松本さんたちは怒られたんですか？」

「そう、ものすごい怒られたんよ。『お前らそこで何しててた？　卵なんかに触ってないだろうね？』と聞かれて、友達の二人が卵を割っちゃったのと答えると『なにやってるの君たち、それ鶴の卵だったのよ、大変だ！　これは本当にえらいこっちゃ、どうしよう』とおじいさんが一人でざわざわしてて『いいか聞け、これから大人になりおじいさんおばあさんになるまで誰にも卵を割ったことを話さないでね絶対ね』と言ってました」

「当時の卵を割った友達と今は仲がいいんですか？」

「仲がいいんだけど、結構大変みたいで、子供が一人も産まれなかったり、もう一人は一人しか産めない体と言っていて結構悩みがあったね、儂も子供が産まれれば亡くなっちゃうし」とお話を聞いてて、与一がかくにょうの伝言を思い出して伝えた。与一は飾ってある松に座る鶴の絵がどうしても気になっていて聞いてみました。

昔、鶴を鶴と名乗るまで首長鳥と呼んでいて、唐土から飛んで来た時につーとるーと聞こえたから鶴という名前になったという。「鶴は何で日本の名鳥ですか？」と与一は男から聞く。

説明されたのは「鶴は日本の木の松に一番似合う鳥だとさ、こうやって見ると本当に松に鶴が似合っていると思わない？」

「ええそう言われてみればそうみたいですね」

「あっそうだ、君布を持ってきたんですよね？　見せて」

与一が千羽織を背が低い男の前に出しました。松本は布をじっと見ていて撫でました。満足したような顔をした。

「今度も鶴の絵が折られてますね、素晴らしい。これは素晴らしい。本当にいい物だ！　高い値段で買おう」

「ありがとうございます」

「ちょっと待ってね」と松本が立ち上がってお金を持ってきました。

与一の予想を超え、たくさんのお金もらった。

「本当にこの値段で買い取ってくれるんですか？」

「ええ」

「わかりました、ありがとうございます」

「でも坊や、この千羽織布はどうやって出来あがっているんですか？　何で君がこのようないい物を誰から頼まれて売りに行っているの？」

「その質問に答えるのは難しいです。織っているのは私の妻です。実は私もどうやって出来あがっているのかわからないです。実際に織ったところを見たことないが織っているのは確か。ただ売ってきてと頼まれただけです」

「そう〜儂はいい物を誰よりも一番に買い取りたいだけさ。また千羽織布が出来あがったら見せてくださいね」

「わかりました」

「最後に、君の奥さんは素晴らしい女性ですね、手先が器用の上に物知りだね」

与一はお金をもってかくにょうの言うとおりに散髪屋へ行きました。

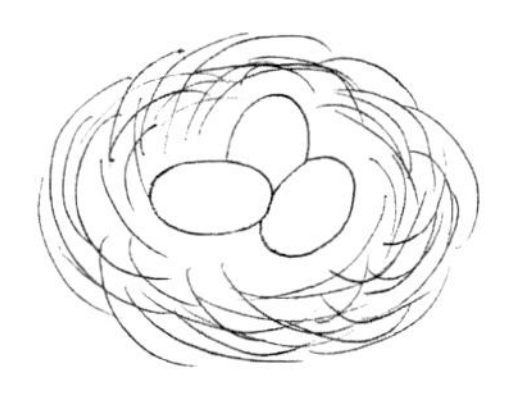

# 第九話　折鶴

与一にとって散髪屋は初めての事でした。母親が倒れるまでは与一の髪の毛は母親が切ってあげていた。母親が倒れたから髪の毛を自分で少しずつ切ってました。

「いらっしゃいませ」

「あのう髪を切ってもらいたいんだけど…」

「ええこちらへどうぞ」

椅子についた時に見たことのないすごい物が壁に飾ってありました。何だろうと思っていて「ね、あれって何ですか?」

「あ～あれですか、お客様はあれを知らないですか?」

「ええ初めて見るもんで…」

「そうなんですか?　知らない人いないのに…あれを折鶴と言うんですよ」

「折鶴?」

「はい、お客様本当にご存じないんですか?　正方形の紙を折って鶴を作ります。折った鶴を切り離さずにくっつけて繋げる。けっこう簡単ですよ、一枚の紙でできちゃうなんて考えた人が天才ですよね。鶴の頭と尾の形を崩して折った鶴を変形折鶴って言うんだって。折った後にどれが頭か尻尾かわからなくなるからはっきりするために頭を作ったとさ。あんなにいっぱいやったのは知り合いに病気の子がいて千羽になるまで折るつもりでいる。千羽鶴を作れば願いが叶う、幸福初願や、災害慰安や、病気が治るという願いをこめられている。本当か嘘かわかりませんが、他の理由は、お客様も知っているでしょ鶴は千年で亀は万年という慣用句があるって事を」

「そうだったんですか。意味深いですね」

「お客様もやってみますか？」

「いいですか？　ぜひぜひ」

与一は髪を切られて終わった後に別の所に移りました。折鶴の折りかたを一から教えてあげた。

早く家に帰ってかくにょうに折鶴の事を話したり折りかたを教えてあげたいと思うだけでわくわくした。散髪屋から出る時に折鶴用の紙を何枚ももらいました。歩いていると折鶴の紙を売ってたのを見かけて何枚も買いました。菱形と凧形の用紙でも折鶴が出来ると聞いて菱形と凧形を買いました。この日はいつもの日より遅く帰りました。家に近づいていると外でかくにょうが帰りを待っていた。

「お帰りあなた」

「ただいま」

「遅かったね寒いでしょう」

「ずっと外で待ってたの？　寒かったでしょう？　寒いのに待たなくてもいいのに。さあ家へ入ろう」

　与一はモフモフの布を出してかくにょうの足元を巻いた。

「与一どうしたの？」

「いや～君の足元が冷えただろうと思ってね」

「ありがとう。あっ、おなかすいたでしょう？　今ごはんを温めるからね」

「それよりいい物買ってきたよ。必ず喜ぶと思うんだ」

　荷物から折鶴用の紙と菱形と爪形の用紙を出して折鶴の話をしました。かくにょうは喜んでもらいました。折鶴を折ってかくにょうに見せたら、かくにょうも折鶴を何個も作りました。折鶴を見ている与一は長い溜息をつきました。そんな与一の顔を見たら何だか寂しそうな顔をしてました。気にかけて聞いてみたら、折鶴の事をもっと早く知っていたらいいのにって言う。もしもっと早く知っていたならば病気でなくなった父や母のために作ってあげたかったという。もし病気中に鶴を折ってたら何年も長く生きてたかもしれないと声を震わせながら話す。

「与一、実は私ね、折鶴を知ってたのよ」

「そうだったの？」（笑）

「正方形以外の紙で折る折鶴を変形折鶴と言うのよ。

でもね、千羽は千羽ちょうどなくてもいいんだよ」

「なんで？　そしたら意味がなくなってくるんじゃない？」

「千羽鶴の作りに決まりがないから何羽から折鶴を一本の糸に通して下に好きな物をつけてもいい」

一週間後にかくにょうがまた千羽織を出して新しく折ったから売ってきてちょうだいとお願いした。「わかった」と言い布を持って街へ出掛けました。

街について迷わず一番最初に千羽織を買った山本の家を訪ねようと思い、前にもらった名前と居場所を書いた紙のとおりに行きました。与一は自分が来た理由を話したら山本が喜んで与一を家にあげました。少しお喋りして、持ってきた布を見て満足の顔で高い値段で買い取りました。

大金が手に入った与一の心の中に喜びが湧きました。帰る前に糸を何個も買って行こうと十二色の糸をかくにょうにお土産として買いました。

「ただいまー」

「おかえり」

「かくにょうかくにょう」

「どうしたの？」

「かくにょうにお土産を持ってきたよ」

「お土産？　へー珍しいじゃん」

かくにょうに売上の金とお土産を渡しました。

「お土産ありがとう、めっちゃ嬉しい」

かくにょうは翌日から裏の家に行く事はなくなった。

何日後、与一に大事な話があると言う。何だろうと思って話を聞きに座るとまた布を出した。

「与一、冬はもう終わるし、春になるけれどこれがこの冬の最後の千羽織になる。小物も作ってみました。売れるかどうかわからないけど、もう一度街へ行ってみない？」

「わかった。今回の千羽織もいっそうな見事な出来上がりだね。でもどうやってこんな美しい千羽織を織っているの？」

「あなたまさか私が裏の家にいる時に中を覗いたのか？」

「いいえ覗いてませんよ」

与一のこの言葉が本当で今まで覗かなかった。覗かないという約束したから、約束を守っている。布を売りに行くと言って準備に入りました。

「それよりさ、かくにょう痩せた？」

「なんで？　そう見える？」

「そうかな？」とかくにょうは自分が痩せたと思ってなかった。

与一の言うとおりに前より痩せてた。

かくにょうは途中で食べるようにおむすびをにぎりました。ただのおむすびじゃなくて梅ありのおにぎりにした。街につく前に少し休憩しようと思いました。おなかもすいてきたからかくにょうのにぎってくれた梅入りのおむすびを出して大きめの石の上に座りました。後ろから何かの足音が聞こえて（こんな何もない雪の中に誰なんだ？）と思っているとその足音が近くに来ました。隣まで来て「こんにちは」と挨拶された。びくっとして顔を見上げたら知らないおじいさんでした。おじいさんだから安心しました。危険な人物や生き物や妖怪だったらどうしようとドキドキしてました。

「すみません隣に座っていいですか？」

「ええどうぞ」と言って他に何も喋らず何分たちました。

「ね、数ヶ月後に冬が終わりますね」

「はい。僕は雪が好きだけど寒いのが嫌です」

「そうですよね、だけど冬があったからこそこの世は平衡だと思っている」

「僕におむすびありますけど食べますか？」とおじいさんにおむすびから一個を譲りました。

「坊や本当に食べていいんですか？　俺が君の分を食べたら君のおなかはすかないのか？」

「いいえ大丈夫です。僕は街に向かっているからもうすぐ街に着きます。だから遠慮なく食べてください。そんなたいしたものじゃないので。それをにぎったのは僕の嫁なんです」

「そうなんですね。嫁を大事にしないといけないのよ。もし嫁との間で約束あるならばやっぶちゃだめですよ。ちゃんと守ったほうがいい、後は愛情をなくさないようにね。浮気しちゃだめよ」

おじいさんの言葉を聞いて（このおじいさんの言う通りですね）と思いました。

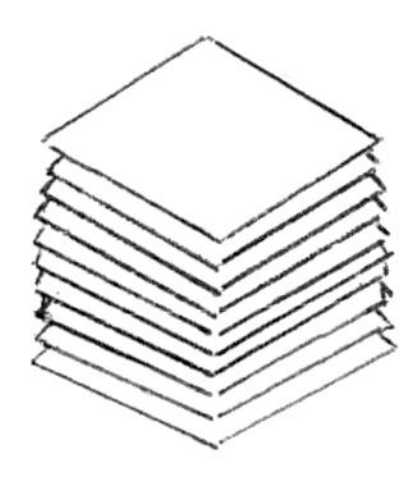

# 第十話　鶴は千年亀は万年

かくにょうが家で一人でいる時に急に扉を叩く音がした。何だろうと思っていたら「すみません、誰かいませんか？　かめじーでーす」と外から聞こえた。

恐れていたがかめじーと聞いて知っている名でした。よく考えたら知っている人だったから安心した。大丈夫だろうと扉を開けたら仲が良かったおじいさんでした。

「かめじー？」

「そだよ、かめじーだよ」

「お久しぶりですね。どうしたんですか？　急に来て」

「かくにょう久しぶりね、元気でいたか？」

「はい元気だったよ、あっ、中へどうぞ外は寒いでしょう」

かめじーはついさっきまで与一とお喋りをしたおじいさんでした。

実はおじいさんはかくにょうと与一の事を知ってました。顔まで覚えてました。一番最初にかくにょうとつるきを与一の家に連れてきたのはかめじーでした。

かくにょうはお茶をいれて「かめじーどうしたんですか？」

「君と君のお父さんの事が心配で様子を見に来たの。お父さんはどこにいるの？」

「ありがとうございます。お父さんは今は一緒にいません。私がここの嫁になったその日に一人で旅だちましたよ」

「そう〜寂しくなったでしょう？」

「ええ、私がいくら止めてもお父さんは一緒にいない、一人で行くと強く言って、行くな一緒に暮らそうと言っても聞いてくれなくて、私と旦那にお別れをつげたのです。今も心配でたまりません。だけどお父さんと探さないという約束したから今も探していません」

「そうだったのか…彼は優しくしてる？」

「ええ、さすがかめじーでしたよ、ありがとうございました」

「でも彼は君の探していた人間でしょう？」

「はい、彼はとても優しい人間です。私の探してた人でした」

おじいさんは荷物から大きな皿を出してあげた。皿には鶴と亀の絵がかかれてました。

「何ですかこれは？」

「結婚お祝いの物。鶴は千年亀は万年と言うのを覚えている？」

「ええもちろん覚えてます」

「鶴は千年、亀は万年と言えば、俺は今いくつだろうと思う、九千九百七十歳かもよ。でもかくにょうは九百七十五歳かな？」と笑いながらお話をしました。

その頃与一は街についていてました。知り合いになった松本の所へ行って尋ねてみようと思って会いに行ったらその人の家からある女性が出てきました。

松本の事を尋ねると理由を言わず医者の所へ行ったと言う。（今日は会えないのか、諦めよう）と思い行こうとしたら「与一くんじゃないかー」と誰かに声をかけられた。

振り向いてみたら松本がいました。

「松本さん、医者へ行ったとさっきこの人から聞きましたが具合は大丈夫ですか？」

「気にかけてくれてありがとうね。今日はどのようなご用で来たの？」

「千羽織を持ってきて見せようと思いまして」

「そう〜じゃ中へ入ろうか」

家の中でお茶を飲みながら布を見て文句なく褒めてまた高くていい値段で買いました。与一が行く前には「君の嫁さんと会ってみたいな、誰もできない物を作る素晴らしい人とぜひ会ってお話ししてみたいもんですね。嫁を大事にしなさい」

「ありがとうございます。僕は嫁には頭を上げられなくなりました。家庭を支えるのは僕のほうですが、今は嫁のおかげで家庭はよくなっているのです」

そこから市場へ行きたくなりました。市場を回っていたら折鶴の折り方の本が売ってたのを見てすぐに買いました。本には糸で繋げた折鶴を連鶴と書いてあり、尻尾を引っ張ると羽を動かせると書いてあったり、または折り終わった後に下部に息を吹き込むと胴体を膨らませることができたり、あるページに秘伝千羽鶴の折り方というタイトルの続きに百種の千羽鶴に漢名をつき素雲鶴とまとめて、魯縞庵がまとめた四十九種類の連鶴の折り方が絵入りで描かれてたからとてもわかりやすいのでした。また は素雲鶴のことがあり、百本が売り切れたみたいで残りが二十本しかありませんでした。こんなに人気な本なんだと一瞬思いました。

病院では入院者の回復を祈るために個人からの折鶴と支援物資を送ることをやめたほうがいいと話があった。理由は感染やアレルギーの原因になるとして送りと持ち込みが禁止になってしまった。夜帰ってきたら家になかった大きな皿があるのが目にとまりました。

「おかえりあなた。今日も寒かったね」

「ただいま。でも思ったより暖かかったよ」

「おなかすいている？」

「ええごはん食べたい。ね、かくにょうあれは何？」

「ああ～あなたに言いたいと思っていた。今日ね昔からお世話になっていたおじいさんがうちに来て、私を嫁になったからとあの大きな皿をくれたのよ」

「へ～皿に鶴と亀の絵があるね」

「ええ、あなた鶴は千年、亀は万年と知っているの？」

「知らない。けど、綺麗な皿ですね」

市場から買った本をお土産と出しました。かくにょうは本という物を人生で初めて見る。

本を見てある知り合いを思い出して与一に話しました。

昔、知り合いのココという男性がいて嫌いと言う。与一と出会う前にココから「俺結婚するからぜひ結婚式に来て欲しい」と言われた。それを聞いたかくにょうの父と母はココの両親や親戚や友達やココの結婚相手の家族や親せきを危ないと言う。

「お父さんお母さん、私はココと長い付き合いだから大丈夫。ココの結婚式に行っても問題ない」て父と母に結婚式に行くと言った。

「ココの両親、兄弟姉妹、友達、幼なじみ、そして結婚相手をどんな方かをわかっているよね？」

「ええ、だけど大丈夫ですよ」

「本当か？」

「心配しないで私はココの事をよく知っているから」とかくにょうは両親の反対を従わなかった。かくにょうの父と母は仕方なく「気を付けて行ってくるんだぞ」としか言わなくなりました。

ココは産まれた時から意地悪でどんな生き物にでも意地悪な態度を出す。

いざ結婚式の日になり、朝から雨が降り始めた。まさに晴れの日に急に雨が降る狐の結婚式だと思ったかくにょうでした。食事の時間になりかくにょうと他の客が席に座ってごちそうが運ばれてきました。料理は平たい皿に入れた汁物で食べる時はすごく大変だったと当時の事を語る。それをココらしいなと感じてイライラしなかった。かくにょうはココに嫁を連れて自分の家に来てごちそうして欲しいとお願いするといい返事を出しました。

何日後。かくにょうの家にココとその嫁がお邪魔しました。結婚のお祝いとして手料理を作り、細長い壺の中に料理を入れて出し、うちはこんな食べ方をしているとかくにょうが説明をしました。ココと嫁はかくにょうの家でたくさん食べると思って胃に何も入れず来てしまったから頭を使って食べるしかありませんでした。壺の中から美味しそうな肉の匂いが鼻の奥まで行って喉を通っているから食べたいという気持ちが浮き上がってきました。かくにょうを見ると同じ壺の中に入っている肉を取り出して美味しそうに食べました。それをココはかくにょうを（やってくれたなと逆にいいふざけをしているな）と思って笑いました。いろいろお話をしてココと嫁は帰りました。帰り道で「ね、ココあなたの友達かくにょうって女性はさっき何であんな失礼な行動をとったの？　自分で失礼だと思わないのかな？」

「いいえ、かくにょうはあんな女性じゃないけど、かくにょうの家自体が昔から壺で料理をいれて食べている。だからわかってあげてね」それ以来ココとかくにょうはあまり会わなくなりました。

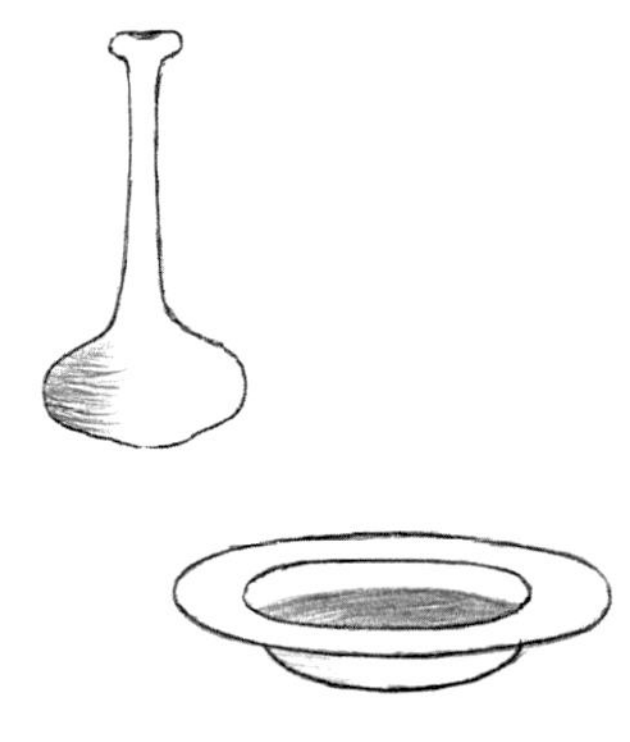

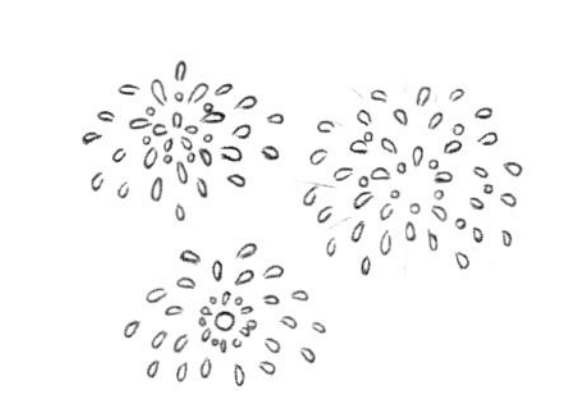

# 第十一話　夏祭り　七夕

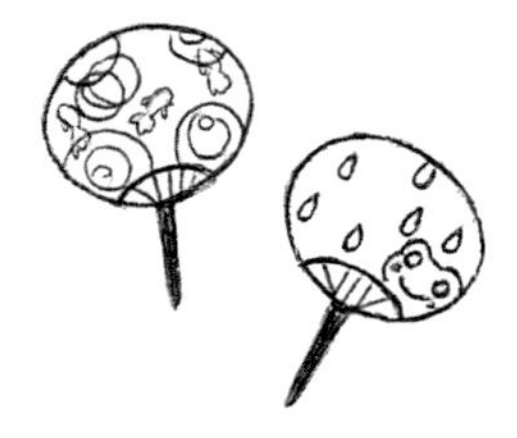

気温がだんだん暖かくなってきました。

かくにょうは何故か布を折ってないみたいけど相変わらず毎日裏の家に入るのが止まらない。かくにょうは日に日に痩せてて、与一が心配になってたくさんのごはんを食べさせたら元の体に戻るから不思議でした。

冬が終わり春がやってきました。

「もう春だね与一」

「ねーもう春だね、ねー仕事も増えるかな」

「与一、私考えてみた」

「何を？」

「また都会へ戻ってお店を開いてみればどう？」

「僕の父のお店の着物屋の事を言っているの？」

「はい」

「それは無理ですね」

「そうなの？」でかくにょうは黙りました。

次の日になって与一にお店を再開するようにまたお願いしてみてもだめでした。毎日毎日お店を再開することを言っても与一はすぐ別の話をする。こうやって一年たちました。

「ね与一、ちゃんと答えて欲しい事がある」

「何?」

「着物屋を再開したくない君の気持ちを私は全然わからない、ちゃんと説明してちょうだい」

「嫌なのよ、無理って言ってるよね」

「何でですか?　何が嫌なの?」

「無理なものは無理ったら無理なのよ」

「そう」と言ったかくにょうは立ち上がって家から出て行きました。かくにょうはどこへ行くんだろうと見ていたら、腕いっぱいに布や物を持ってきて与一の前に置きました。

「これを見てもお店を再開したくない?」

目の前にある布や小物を見て驚きました。たくさんの布と髪飾りなどきれいで美しい物ばかりで輝やいている。

「かくにょうこれどうしたのよ?」

「私が作ったの」

「かくにょうが?」

「そう」

「えっ?」

「これらを作ったのは全部与一のためよ」

「僕のため?　ちょっとわかりません」

「覚えている?　あなたが千羽織を売ってきた時に父親の着物屋をまた再開してあの店を追い抜いてやりたいと言っていた言葉を覚えてますか?」と言われた時に与一は自分の言葉を全てを思い出しました。その言葉を忘れ、今までかくにょうとの口論が恥ずかしくて無言になり下を向きました。与一は立ち上がって隣の部屋に入って行きました。

暗くなる頃に与一が戻ってきました。

「かくにょう、今まで悪かった。僕が悪かった許してくれ」

「いいえ大丈夫よ」

「よく考えてみて、考えを変えました。僕は自分の言っていた言葉を忘れたのは悪いんだ、君があんなにたくさん千羽織や生地や小物を一生懸命に作ったのにそれも考えず怒っててごめんね。僕は結論しました。着物屋を再開しましょう」

「本当？」とかくにょうは笑顔になって嬉しい声で抱きしめた。

着物屋を再開するにはもう少し暖かくなってからにしたい、自分で言うからそこまで待って欲しい、とりあえず夏季に再開をしたいと言った。

数ヶ月後「ねかくにょう一緒に街へ行こう」と与一が言ってきた。

「え？　何しに行くの？」

「夏祭りを知っている？」

「ああ聞いたことあるけれど行ったことないね」

「そう、夏祭りを君に見せたいの」

「七夕だっけ？」

「そうそう」

「私見に行きたい」

「よし行こう、だけど一週間後だからね」

「うんわかった」

一週間後が楽しみで心がわくわくでいっぱいになった。与一とかくにょうは夫婦になってからけっこうたちますが、一度も街や都会へ一緒に出掛けたことはありませんでした。かくにょうも遠くへ一緒に行きたいと言ったことなかったのと、与一はかくにょうを連れて街や都会へ行く気になりませんでした。冬の寒さで行かなかったこともある。

「僕は君に謝らなきゃならないことが一つある」

「私に謝らなきゃならない事ってなに？」

「僕たち夫婦になってから、一度でもちゃんと出掛けたことないよね？　僕が何も考えないでバカ者でごめん」

「いいえ大丈夫よ、この地域は雪の国だから冬はゆっくりと出掛けないとわかっている。謝らなくていいのよ。でも初めてそっちから誘われて嬉しかったよ」

「そうだねかくにょうを誘ったのは夫婦になってから初めての事だね」

「でも七夕が楽しみだわ。いつも夏祭りを通りすぎてちゃんと中に入ったことがなくて、一人で行くのも怖かった」

待ちに待った夏祭りを見に行く日になりました。

朝食の後与一は着替えて街で使う金を胸のあたりに入れました。昨晩の晩、祭りに行くから特別にいい着物を倉庫から出しました。かくにょうにも綺麗な着物を着させようと思って出そうとしたら本人から聞いてからと出さなかった。

「かくにょうちょっと来て」

「ん？」

「今日はいつもと違う日だからこの豪華の着物の中から気に入った着物を選んで着て欲しい」

「そうなの？　ありがとう。わかったわ私選んで着てみるね」

「じゃあ僕あそこで待っているから終わったら出ておいで」

かくにょうは一時間ぐらいたって出てきました。

「お待たせ、遅くなっちゃった」と言ったかくにょうは顔を赤くてう少し照れてるみたいで、素敵な着物を着ただけじゃなくて髪の毛を可愛くアレンジして化粧をしてました。

かくにょうの化粧した別の姿を初めて見る与一はぼーっとしてしまった。（化粧をした姿を初めて見るが普段よりこんなに美しいなんて…）と思いずっと見つめた。

「どうしたの与一？」

「あっ、いいえ」

「顔が赤いよ」とかくにょうが袖で口をふさいで笑いました。

「かくにょう、とても美しいよ」

「ありがとう」

かくにょうは途中で食べるおむすびを作ったから布で包みました。それで家から街へ出発しました。

街にもう少しでつくのに与一がおなかすいたと言いだした。

「やっぱり？　おむすびあるわよ」と布で包んだおむすびを見せた。

与一は喜んで早く一個を食べた。近くに大きい石あったから二人でそこに座りました。お茶も持っていたから飲んだり食べたりしてこばらがいっぱいになりました。

「以前作ってくれたおむすびがあって本当に助かったんだよ」

「そう、よかったね」

街に着いた時に与一の見ていた街の風景と違うと思ったら祭りがもう始まっちゃっ

ているからでした。嬉しさと喜びがかくにょうの顔に表れていた。

しかし、街中を歩くと全員がかくにょうの顔をずっと見て、通りすぎた人も振り向いて見る。なぜかというと、かくにょうは美しすぎて、街にない顔でした。

「かくにょう甘い物食べる?」

「うんうん食べたい」

二人は一緒にだんご屋で八種類のあんのだんご注文して、かくにょうに白玉入りのぜんざいを注文してあげた。だんご屋のおばさんがかくにょうを見てほめまくりました。

「こんな美しい女性を見たことない、美しいすぎるね。二人もしかして夫婦かい?」

「はい」

「あらそう~どこからこんな美しい女性を嫁にもらったの? 誰もが羨むでしょう?」

「ありがとうございます」

「こんな美しすぎる嫁さんを泣かしちゃだめよ」

「はい」

「じゃあ、これ追加であげちゃう」とおばさんが三種類のだんごを無料で差し上げた。

「いいえそんな悪いですよ」

「黙ってもらいなさい、嫁さんが美しいすぎるからあげているのよ」

二人はだんごを喜んでもらいました。

空を見上げると太陽が沈み始めた。

あっちこっちに折鶴がたくさんぶら下がってました。それらを見て歩いていたかくにょうの瞳から涙がポロリと落ちた。それを気づいた与一は無言で涙を拭いてあげた。

歩いていたら「おかあーさん」と呼んで泣いていた子が目に止まった。

かくにょうはすぐに女の子の前に来た。

「ねね、どうしたの？　何で泣いているの？　もしかして迷子になっちゃった？」

「おかあさんを探してるの、おかあさんと離れちゃったの」

「そう、じゃ一緒に探そうか？」とかくにょうが言うと与一は「僕が探してくるから二人ともここから離れないでね」と走って行きました。

「ね、さっきのお兄さんが戻ってくるまでそこで座って待とうか」と言うと女の子はうなずきました。かくにょうは泣いている女の子をどうやって落ち着かせようと思っていて、袖の中から折り紙を出して「ね、これを見て」と折り紙を折って鶴が出来上がりました。見ていた女の子は折鶴に集中して泣かなくなりました。

「はいこれをあげる」

女の子は折鶴を不思議に見つめて手に取りました。

「かくにょうかくにょう」と与一がやってきました。

「与一！」

「見つけたよ、だけどお母さんじゃなくておばあさんの方を」

女の子のおばあさんがやってくると「おばあちゃん」と女の子は嬉しそうな声を出しておばあさんの方へ走って行きました。

「全くどこにいたのよ」

「ごめんなさいおばあさん」

「二人ともありがとうね～ご迷惑をおかけしてすいませんね」

「いえいえ、お孫さんと会えて安心しました」

「ああ、孫をみてくれてありがとうございました。どうもすみません」

「いいえいいいえ私たちも会えてよかったです」

「おばあちゃん、このお姉さんが私にこれを作ってくれたんだよ」とかくにょうの折った折鶴を見せました。

「あらそう～ありがとうねお嬢さん」

「おばあおなかすいたー」

「そうなの？　じゃあ何か食べようか。二人ともご一緒にどうですか？」

「ええ私たちは…」

「遠慮しないで、ふたりともおなかすいてません？　孫を見つけてくれたお礼をさせて、さあ行きましょう」

「そんな気を使わなくても…」

「行こうお姉さんお兄さん」女の子は笑顔で二人を見つめる。

「ああうん行こう与一」

「ええ」

二人はおばあさんと女の子をついて行きました。

夜になっていて、おばあさんの入ったお店はうなぎ屋でした。与一はうなぎよりあなごが大好物だけど他人がおごってくれるから美味しくいただこうと思いました。かくにょうはどんな肉より魚肉が大好きだからうなぎでもいいから喜びました。うな重を食べながらお喋りしてて女の子は明日から入院する予定と言う。だから入院前に祭りを見せたくて連れてきたのに迷子になっちゃった。かくにょうは千羽鶴を思い出した。

「お孫さんが入院するならぜひ千羽鶴を作ってあげたいです」

「ぜひ千羽鶴を作ってくださいね」

かくにょうはおばあさんの返事に嬉しかった。

与一とかくにょうとおばあさんと女の子はうなぎ屋で別れました。

「またねおねえさん」

「うんまたね」

与一とかくにょうはそこから祭りを楽しみに再びゆっくりと歩いて行きました。

「ねかくにょう」

「何？　与一」

「千羽鶴を本当に折るつもり？」

「うんそうよ、どうしたのそういう質問して」

「ああ、大変だと思って」

「大丈夫よ、あの子が重い病気なら少しでもできるもんあるなら、やってあげようと急に思ったからやりたいの。折り紙を売っているなら買って帰りたい」

折り紙を探し始めた。いろんなところを回って折り紙を売っている所はなかったけど最後に行ったところに折り紙を売っていて、すぐに買いました。

遅くなる前に家へ向かいました。何時間も歩いてやっと家に着きました。帰ってくるまでは楽しかったけれど家に入ってきて座ったとたん疲れた事を知り、すぐにでも寝たくなってかくにょうは布団を出しました。

朝になり、かくにょうと与一は同時に目覚めました。

二人は初めて起きるのが遅かったから驚いてお互いを見て笑いました。与一は外へ出てしばらくして帰ってきたらかくにょうはたくさんの折鶴を作ってました。

「かくにょうもう作り始めたの？」

「うん」

「僕も手伝う、今やることもないし」

その日で折鶴を百羽折って疲れたと手を止めました。

「与一、あたしね明日あの子の病院へこれを持って行きたい」

「俺も、一緒に行こうかな？」

次の日に二人は教えてもらった住所の通りに行った、ある大きな見たことのない白い建物に付きました。建物に入って玄関に二人の女性が座ってました。その女性たちからあの女の子の名前を聞いたら、本当にそこで入院し始めていた。看護師が二人を女の子のいる病室まで案内してくれた。

女の子は二人の顔を見て喜んでベッドから出てかくにょうを抱きしめた。小さい子に抱きしめられたのは初めてで心に喜びが湧きました。心に花咲くような気持ちになりました。

「おばあさんが言ってました、お姉さんが来るとね。私ずっと待ってたよ」

「ねお土産を持ってきたよ」

「本当に！　見たい」

その時ちょうど看護師が入ってきて先生が呼んでますと、女の子を連れて行く時に女の子は看護師と手を繋いでかくにょうに手を振りながら出て行きました。

「君たちよく来てくれたね、ありがとう」

「いいえ」

「孫はずっと君らの事を話しててうるさくて」とおばあさんは嬉しくはなす。

「お姉ちゃんお姉ちゃん」と女の子は元気な声で戻って来た。

おばあさんは女の子をベッドに入れてお腹まで布団をかぶせた。かくにょうはもってきた折鶴をお土産と出すと女の子は喜んでもらいました。

「これ百羽の折鶴がある、今から一緒に折らない？」

「本当に？　お姉ちゃんと一緒に折りたい」

おばあさんはちょっとお出掛けの用事があるから孫を見ていて欲しいと頼んだら、与一とかくにょうは任してくださいと残りました。折鶴の折り方を教えて、女の子は一所懸命に折りました。初めて折っているから難しくて泣きそうになったけれど、かくにょうは女の子をほめてほめて二十以上折りました。おばあさんはけっこう遅くに帰ってきました。おばあさんが戻ってきた時に女の子は手に折鶴を持ちながら寝ていた。

「あらもう寝ちゃったの？」

「お帰りなさい」

「二人とも疲れたでしょう」

「ああ大丈夫です」

「僕たちはもう帰ります」

「そうなの？　ありがとうね」

「私たちまたお邪魔していいですか？」

「ええもちろん。孫には君らみたいにお見舞いに来る人が少なくて、それにしても君になつくなんて不思議ですね。この子は人見知りで、人になつくのはあまりないんですよ。ね二人にはお子さんいますか？」という質問に戸惑った二人は「いません」しか言えなかった。

　千羽鶴を作ったら報酬が払われるという話があって、悪徳商法があると噂に聞いたとおばあさんからその話を与一とかくにょうが初めて聞いた。

　おばあさんが持って帰りなと、皮の薄いつぶあんの饅頭をあげました。病院から出て家へ向かいました。

# 第十二話　思いも寄らぬ邂逅

「ねかくにょうあのおばあさんの言葉を覚えている？」

「なんの言葉？」

「子供って言葉…」

「ああ」

今まで子供作りの話をしなかったし考えもしなかった。

与一がいくら子作りや子供の話をしてもかくにょうはまともな返事をしませんから子供の話をやめました。家に帰ってきて与一は「ねもらった饅頭を食べようよ」と元気な声で言うとかくにょうは「そうね、私お茶を入れるね」

お茶を飲みながら饅頭を食べていたかくにょうは「与一、子供より第一にやらなければならない事はあるんじゃない？」

「え？　何の事を言っているのかくにょう？」

「着物屋の事を忘れてないよね？」

「ああそれ、もちろん覚えているよ。だけどあの女の子と出会っちゃっているから、君の折り始めた折鶴が千羽になったら着物屋を再開するよ」

「着物屋の再開がうまくいったら子供の事を考えよう。着物屋の再開もしてないのに子供ができちゃったらいろいろ大変でしょう？」

二人は着物屋の再開が成功したから子供作りを考えようと話し合った。（嫁と手を組めば父親の着物屋を再建することができるかもしれない）

それから一週間たち、かくにょうは毎日折鶴を折り続けて三百羽を折って与一に女の子に会いに行こうとお願いしました。次の日に二人は女の子がいる病院へ向かいました。

「久しぶり」とかくにょうが笑顔で病室に顔を出すと女の子は吃驚しました。

「お姉ちゃん来てくれたんだ！」

「お久しぶりですね」と二人は頭を下げておばあさんに挨拶しました。

「お孫さんに折鶴を届けに来ました」

「お姉ちゃん鶴を持ってきたの？」

「そうよ、はいあげる」

「ありがとうお姉さん」

女の子はかくにょうと楽しそうにお話をした。

看護師がやって来て注射の時間と連れて行きました。

「孫は二人をいつ来るのって毎日うるさいのよ、でもこうやって元気でいるのは一番大事だけどね」

「そうですよね。こんな小さいのに重い病気になるなんて心痛いわ」

「ね本当に可哀そうに…」

女の子は泣きながら戻って来ました。

「お姉さん痛い痛い」と泣いてかくにょうに抱きついた。

かくにょうは女の子の涙を袖で拭いて持ち上げてベッドに置きました。

「注射が痛かったの？」

「すごく痛かった、注射大嫌い」と泣き止まない。

「ほらこの折鶴を、三百羽よ」と女の子に見せると泣き止みました。

翌日、与一があっちこっちへ歩き、大変忙しいみたいで声かけるのも難しかった。

かくにょうが家の中に座ってたら与一が入ってきてどすんと座りました。

「ああ疲れた、お茶をちょうだい」

「ああうん」

かくにょうがお茶をいれてくれた。

「ね与一、ずいぶん忙しかったみたいね。なんでそんなに忙しかったの？」

「あのねかくにょう、都会での着物屋を復帰できるよ」

「本当に？」

「うん！」

「いつ復帰するの？」

「とりあえず都会へ引っ越そう？」

「いつ？　どうやって？」

「そうだねーとにかく準備できたら言うね」

その夜に与一が何日間家と都会の間に行く必要になったから、心配しないでとかくにょうに言うとわかってくれた。

長い道を渡ったさい都会について、目の前に父親の着物屋の近くにできた新しい大きい着物屋の大店が真っ先に目に入る。

「おい、大丈夫か、どうしたの？」とぼーっとしていた与一にあるおじさんが声をかけた。

「いいえ、何でもないです」

「顔色が悪いね」

「本当ですか？」

「少しお茶飲もうか？」

「え？」

「儂についてきて」と知らないおじさんが笑顔で言い、前向いて行きました。

与一がなぜかついて行きました。

あの着物屋の大店の中へおじいさんに案内された。

あるしゃれた小部屋へ入っておじさんとお茶を飲みながらお話を楽しんだ。

「失礼ですけど、おじさんはこのお店と関係あるんですか？」

「ああ、この店の社長が儂の息子で、まだ新しいお店っていうか」

それを聞いた与一が吃驚した。

お茶し終わってそれぞれの道に入った。

父親の着物屋の前に着いて手を合わせて中へ入りました。

中には、どれもこれも床から天井まで埃だらけだった。かくにょうを連れてくると恥ずかしいと思って一人で着物屋の中の掃除し始めた。掃除も終わり着物屋が外側も内側も、ピカピカになり、持ってきた品物を揃え終わり一休みをして（早く嫁を連れてきてここを見せたいな～絶対に喜ぶとおもうんだ）

一回田舎へ帰ってかくにょうに都会へ行こうといろいろ話して、今住んでいる家を置いて都会へ行く事を結論した。

すぐに家にあるものを全部手押し木製車に載せて、荷物をまとめて二人で都会へ向かいました。かくにょうはわくわくの気持ちでいた。

周りはだんだん都会という感じに見えるから、かくにょうはもうすぐに与一の着物屋に着くと思っていたら「かくにょうこれだよ俺の店が」

「へ～」

「かくにょう頑張ってお店を立ち上げようね」

「うん私も頑張るから」

数日後、着物屋を再建させるぐらいの品物がそろいました。

翌朝から外に出て「新品の着物や小物や帯がありますよ、ぜひ目をとおしてってください」と声を上げ、その辺に通った人々は足を止め、与一の着物屋に目を留めた人がいれば、着物屋に入る人もいた。品物を最初に見た誰でも一目惚れになり、着物や小物や帯が、いくら高くても意外に売れました。

そうやってお客様を集めていると「君の売ってる織布が、とても珍しくて、いかにも美しい。そんな織布を、誰がどこで織ってるの？　その人は、神の手を持ってる人だね」

「それは僕の嫁です」

「そう？　素晴らしいわね」

おじさんが少し黙っていて息を飲み込んで「もしよかったらなんだけど、儂と手を組まないかい？」

「どういうことですか？」

「君のお店をこの店と合体させないかなあと？」

与一はかくにょうの勧めでやっと考えを変えて父親から残った着物屋を再開したというのに、この出会ったばかりのみずしらないおじさんの話にのって手を組んじゃうと都会に来た意味がないと思った。

「申し訳ありませんけど、そういう問題は嫁と話し合わなくちゃいけなんです」

「そう？　じゃあ君の考えが変わったら、また儂と会ってください。この着物屋で君の織布を売りたいからさ」

与一は何ヶ月もたたないうちに大金持ちになりました。

「ねかくにょう」

「なに与一？」

「僕ね一軒家を建てようと思うんだ」

「なんで？」

「今俺たちが暮らしてるのはお店の二階じゃん、これから子供も生まれてくるとこの部屋じゃ狭すぎるなあっと思ってね」

「うんそうだね」

夕方になった頃に一人のお客がいらっしゃいました。

「久しぶりです。ついに、君が着物屋を自分で営業することにしたか？」と言うその声の持ち主を見ると「え、あなたは、あの時の…」

「はい、そうです。儂が君と話し合いしたこと覚えてる？」

「え、もちろん。昨日のように覚えてます」

「しかし、君は、俺たちと一致協力しないとは、どういうことですか？」

「悪いけど、この着物屋は元々はね、父親の着物屋で、この都会の初の着物屋ですよ」

「なるほど。儂はそんなことぐらいは知っとるわ。君はあの着物屋の坊ちゃまってこともね」

「そう。あんたらの新しい着物屋の大店が開いたあと、父親のこの着物屋が潰れた。でも、うちの嫁がいたからこそ、今、再建することができたのです。これからも自分たちだけで商売します。

このお店は僕で三代目になる。だからもう、こういう話で二度と来ないでください」

おじさんは歯を食いしばって睨みつけて出て行きました。

それを見てたかくにょうはおじさんと与一をどんな関係か知らないから、気になって聞いてみたら与一が全部話してあげた。

# 第十三話　いとま乞い

与一の着物屋の品物は、二ヶ月の間に一つも残らず全部売り切れになりました。売れた品物の収入で、生活も良くなり、釣りにも行かなくなって、家でかくにょうと一緒にのんびりとゆっくり過ごす時間が前より長くなりました。

そんなある日、お店の品が無くなったから着物屋を閉めようと思って門を閉じるところで、ある中年女性がやって来ました。

「ごきげんよう」

「ええ、ごきげんよう」

「あのう、お話があるから、ちょっとよろしいですか？」

「はい」

「数日前に、この着物屋から買った織布でお殿様の娘に着物を作りました。この布を誰が織ったのですか？　この布を織った方と会いたいです。この布で作った着物を着たいとお嬢さんがおっしゃってて、お城にはたくさんの布を用意してあるのに、ここの織布で作った着物だけを着たいとうるさく言うんです。声までいらいらした様子でした。だから城の方たちとお話しして来ました」

「そうですか？　全然いいですよ」

「本当？　じゃあ頼んでよろしいですか？」

「ええ、織布は、何巻必要ですか？」

「はい、七巻を三十八日で作って欲しいです」

「ええ、わかりました。三十八日後に七巻織布が出来上がると思うが取りに来てください」

「では、よろしくお願いします」

与一が家に帰ってかくにょうに話しました。

かくにょうは頷いて「あなた知ってるでしょう？　この間、着物屋に売る品物を作るために体を張って働いたから、今は休まないと体がもたないから少し休みが必要ってことを」

「ん、わかってるよ」と与一がそう言っても思い惑うように見えました。

「でもあなた、私、いろんな果物や小魚をいっぱい食べたいです」

二日後に、かくにょうが「今度も、私の入る隣の部屋の中を絶対に覗かないと約束してください」

「うん」

そう言って隣の部屋へ入り、閉じこもりました。

間もなくしたら音を立て始めました。

一巻織るのに三日三夜不眠不休でやる。

五日立ちました。

十一日、二十一日、三十一日経ったけれども機織りの音が止まることはなかった。でも、もうすぐ、城の人と約束した三十八日が近づき、だんだん心配になり、心が揺れたような気持ちに襲われ、落ち着かなくてあっちこっちへ家の中でうろうろする。それでも、我慢ができなくなり（まだかな？　まだかな？）と思って覗いて見たくなり（ちょっとだけなら大丈夫でしょう？）と与一がついに中を覗いてしまいました。部屋の中には、愛する嫁のかくにょうの姿が見当たらない。ところが、一羽の鶴が細くて赤い嘴で、自分の体の羽から一本、一本抜いて、月の明かりに美しく光る布を織るのを見て息が詰まるほど驚きました。

与一に気づいたかくにょうは機を織るのを止めた。

「あなた、とうとう部屋の中を覗いてしまったね。約束を破りましたね」とかくにょうは人間の姿に戻った。

「君…かくにょう?」

「そう。目の前にいるあたしは今日まで一緒に暮らしている与一あなたの嫁のかくにょうです」

「そう言われても今僕が見た鶴はなんだったの?」

「ああそれは私の一面です」

「えー待て待て、今夢なの? 現実なの?」

「ええ現実だよ、簡単に言うと、私はあなた助けられたあの時の鶴です」

「あの時って? まさか…」と与一が記憶を振り絞って思い出した。

「あの時の鶴って、倉庫にいた五羽の鶴の一つ?」

「そう」

「えっ!」

あの時は倉庫でかくにょうの一家が捕まっていた。両親とかくにょうと妹と弟が一緒にいた。捕まえる時に一番最初に弟が網にかかってしまって助けを求めると、妹が気づいて助けに来たけど同じく網にかかってしまった。弟と妹が泣きながら助けを求めたら父親が来て助けようとしたらまた網にかかってしまった。父親が母親を助けてくれーと叫んだら早くも助けに来たのにまた網にかかってしまい、母親が泣きながらかくにょうを呼んだ。かくにょうはすぐに来たけど余計に網にかかってしまい家族全員で困ってしまった。

もう少ししたら何人か来てかくにょうたちを持って帰りました。倉庫に入れられたのに与一が助けたからかくにょうは与一の嫁になろうっと決めた。

しかし、かくにょうたちが逃げてる最中に弟と妹と母親が原因不明で亡くなってしまった。

「とにかく七巻きの織布の内、六巻が終わったからね」

「でも今までの布や小物を作る時に自分の羽根を使ってたってこと？」

「その通りよ」

「そしたら羽根が全部なくなって一本も残らないはずなんじゃない？」

「そうだけど、栄養のある果物や魚を食べて頑張って羽根を生やしてた」

「そうだったんだ」

「でも今あなたに本当の姿を見られたから、もうここにはいるわけにはいきませんから残りの一巻を織ることができないから」

「待って、そういわれても…うち今までの通りに暮らしていこうよ」

「与一、あたしがあれだけ覗かないでと言ったのになんで約束破るのよ」

「だって…」

「もうここにはいられない、さようなら」とかくにょうは寂しく言って、少し残った羽を開いて、やっと飛び立って行きました。

与一がすぐに家から出て、鶴の嫁の後を一生懸命に追いかけたけど、あっというまに姿が消えてしまいました。

翌日。

城の人と約束した日になって、鶴の嫁さんの残した六巻の織布を持って行きました。

「ん？　七巻の内、一巻が足りないじゃないの？」

殿様が与一を見ながら長い八の字の髭をより触りながら、目を爪楊枝のように細めて見る。

与一が思わず、鶴の嫁がいなくなったと説明し、残りの一巻がどうしても用意することができなかったと言う。

それを聞いた殿様が、感動して涙が出ました。織布六巻を、ものすごい高い値段で買い取りました。与一が家に帰って殿様からもらった大金を見ても心の中に喜びが湧きませんでした。

あの日の朝から晩まで、いなくなった嫁を探しに行っても見つけることできず、かくにょうを失った悲しみで、嫁をもらうことは、一切ありませんでした。

## 著者プロフィール

### 黒木 咲（くろき えみ）

1994年9月29日、六の白星の出身。
2010年、高校卒業。

| | | |
|---|---|---|
| 第25回 | ユザワヤ創作大賞展 | 入選 |
| 第45回 | 近代日本美術協会展 | 入選 |
| 第46回 | 近代日本美術協会展 | アムス賞 |
| | 金谷美術館コンクール2018年 | 入選 |
| | 全日本アートサロン絵画大賞展2019年 | 入選 |
| 第2回 | 絵本出版賞 | 優秀賞 |
| 第30回 | 全日本アートサロン絵画大賞展2021年 | 入選 |
| 第4回 | 絵本出版賞 | 奨励賞 |

2021年8月25日　かぐや姫絵本出版　銀河書籍
2022年2月9日　花園の神隠し 永遠の命　銀河書籍

**鶴姫の千羽織**　守らなかった約束

2022年11月15日　初版第１刷発行

著　者　黒木 咲
発行者　瓜谷 綱延
発行所　株式会社文芸社
〒160-0022　東京都新宿区新宿1－10－1
電話　03-5369-3060（代表）
03-5369-2299（販売）

印　刷　株式会社文芸社
製本所　株式会社MOTOMURA


ISBN978-4-286-26006-8